Auf den Spuren von Commissario Brunetti

Titelbild
Blick von der Rialtobrücke auf den Canal Grande in südliche Richtung
unten: Ausschnitt aus der Friedhofsmauer von San Michele
Umschlagrückseite
Ein Leichenboot unterquert die Accademia-Brücke

Im Textteil wird hinter den Zwischenüberschriften in Klammern das Planquadrat angegeben, in dem sich der jeweilige Schauplatz befindet. Die Planquadrate sind auf der Übersichtskarte auf Seite 220/221 und im separat beiliegenden Stadtplan zu finden.
Grundlage für die Karten sind die Daten von Openstreetmap.org. Die Schauplätze wie auch die Anpassung der Karten wurden nach bestem Wissen und Gewissen vor Ort recherchiert. Eine Haftung für eventuelle Fehler kann nicht übernommen werden.

1. Auflage: November 2010
2., erweiterte und aktualisierte Auflage: August 2012

Druck und Bindung: CPI - Clausen & Bosse, Leck
Bildnachweis: Fotos Elisabeth Hoffmann und Karl-L. Heinrich
Separater Stadtplan: Dr.-Ing. Dipl. Phys. Stephan Harms
auf der Grundlage von OpenStreetMap und Mitwirkende,
www.openstreetmap.org

ISBN: 978-3-86026-200-9

Elisabeth Hoffmann & Karl-L. Heinrich

Auf den Spuren von Commissario Brunetti

Die Schauplätze

Ein kleines Kompendium für Spurensucher

Harms Verlag

Wer kennt ihn nicht, den berühmten Commissario Brunetti? Rund 150 der bedeutendsten Schauplätze aus Donna Leons beliebten Kriminalromanen und Verfilmungen werden in diesem Nachschlagewerk in Bild und Wort beschrieben.

Tauchen Sie jetzt ein in die Welt der Gassen und Kanäle Venedigs und wandeln Sie auf Brunettis Spuren. Die Fotografien geben den aus den Büchern bekannten Orten ihre reale Gestalt und veranschaulichen die unterschiedlichen Seiten der Stadt, in der Commissario Brunetti lebt und arbeitet.

Wenn die Autoren Elisabeth Hoffmann und Karl-L. Heinrich nicht gerade in Venedig auf Recherche weilen, leben und arbeiten sie in München.

Inhalt

Kapitel 4

Kapitel 5

Kapitel 7
Schauplätze aus den Verfilmungen **188**

Anhang

Detaillierter Stadtplan mit den Schauplätzen als separate Beilage

Im Textteil wird hinter den Zwischenüberschriften in Klammern das Planquadrat angegeben, in dem sich der jeweilige Schauplatz befindet. Die Planquadrate sind auf der Übersichtskarte auf Seite 220/221 und im separat beiliegenden Stadtplan zu finden.

Wie dieses Buch entstand

Während eines Venedigaufenthaltes im Jahre 2001 schmökerten wir in den ersten Kriminalromanen von Donna Leon. Die detailgetreuen Schilderungen verlockten uns, die Spuren Brunettis genauer zu verfolgen, und wir entdeckten verblüffend viele Übereinstimmungen mit dem tatsächlichen Stadtbild. Jede gefundene Bar, Kirche oder Gasse spornte uns zu intensiveren und strukturierteren Recherchen an. So entstand nach und nach eine Datenbank, aus der unser erstes Produkt, der Übersichtsplan „Brunettis Venezia" mit den Hauptschauplätzen aus den Romanen hervorging.

Im Verlauf der nächsten Jahre entwickelten wir mehrere Vaporetto-Touren sowie thematische Stadtspaziergänge, die die Krimifreunde zum Beispiel zu den relevanten Bars und Restaurants oder – wer es gerne gruseliger mag – zu den diversen Leichenfundplätzen führen. All diese Produkte sind geeignet für Brunetti-Fans, die sich während eines Venedigurlaubs vor Ort auf Spurensuche begeben möchten.

Was aber gibt es für die zu Hause Gebliebenen, die sich zuerst einmal auf der heimischen Couch ein umfassendes Bild von Brunettis Wirkungskreis machen wollen? Diesen Leserkreis wollen wir mit unserem Fotoband erreichen.

Die Fotografien und Texte beziehen sich ausschließlich auf die Romanschauplätze von Donna Leon sowie zum Teil auf die deutschsprachigen Verfilmungen. Von daher handelt es sich keineswegs um den hunderttausendsten Bildband über Venedig, und es wird auch nicht der Anspruch bedient, die touristischen Sehenswürdigkeiten der Stadt zur Schau zu stellen.

Vielmehr soll das Buch zeigen, wo der Commissario lebt und arbeitet. Dass er das gerade in der schönsten Stadt der Welt tut, ist eine freundliche Dreingabe der Autorin und für uns nur von Vorteil.

Brunettis Spuren finden

Die Spuren des Commissario Brunetti ziehen sich kreuz und quer durch die sechs „Sestieri" genannten Stadtviertel Venedigs bis tief in die Lagune hinein.

Die venezianischen Orte des Geschehens sind thematisch in fünf Kapitel unterteilt. Die Schauplätze der Laguneninseln werden in einem eigenen, zusätzlichen Themenblock behandelt. Außerdem ist ein Kapitel mit Schauplätzen aus den Verfilmungen der Bücher angefügt. Innerhalb der Kapitel sind die Stationen für eine grobe räumliche Zuordnung nach den Sestieri aufgeteilt, in der Reihenfolge ungefähr von Nordwesten nach Südosten.

Im Anhang sind alle aufgeführten Orte den bis zur Drucklegung erschienenen Romanen (einschließlich dem 20. Roman *Reiches Erbe*) zugeordnet. Das alphabetische Stichwortverzeichnis ergänzt das Nachschlagewerk.

Die Gassen- und Kanalnamen Venedigs haben auf den Straßenschildern und den diversen Stadtplänen unterschiedliche Schreibweisen, mal hochitalienische, mal venezianische (es liegt daher in der Regel nicht an mangelnden Italienisch-kenntnissen unsererseits, wenn die Bezeichnungen im Buch nicht identisch mit anderen Straßenverzeichnissen oder Stadtplänen sind oder dem Italienisch widersprechen, das man gemeinhin in Sprachschulen lernt). Wo es uns notwendig erschien, haben wir den Unterschied zwischen Fiktion und Realität mit dem Hinweis *„in realtà"* hervorgehoben.

Alle Schauplätze wurden nach bestem Wissen und Gewissen recherchiert, wir halten uns dabei präzise an die Vorgaben der Bücher bzw. der Verfilmungen. Wir bitten Sie, mit Rücksicht auf die Bewohner bei den angegebenen Privatadressen nicht zu läuten oder eine Besichtigung zu verlangen.

München, im Juli 2012

Elisabeth Hoffmann & Karl-L. Heinrich

Kapitel 1: Der Commissario und seine Familie

Bitte nicht klingeln!

Auch dann nicht, wenn, wie hier im Gheto Novo, Brunetti zusammen mit seinem Kollegen Vianello im gleichen Haus zu wohnen scheint.

Die in Venedig lebenden Brunettis wären vermutlich zutiefst befremdet, von Donna-Leon-Fans aus ihrer Privatsphäre geläutet und als Guido und Paola begrüßt zu werden.

Das Haus, in dem sich die Romanwohnung des Commissario Guido Brunetti und seiner Familie befindet, zeigen wir Ihnen gleich in diesem Kapitel. Vianello lebt inkognito im Sestiere Castello.

Blick aus Sergio Brunettis Wohnung auf Madonna de l'Orto

Sergio Brunettis Wohnung (C1)

Nach der Beerdigung ihrer Mutter versammeln sich die Brunettis und ihre Freunde bei Sergio Brunetti, dem Bruder des Commissario. Sergio wohnt mit seiner Familie, nur durch einen Kanal getrennt, gegenüber der Kirche Madonna de l'Orto (Cannaregio 3377A, Calle dei Mori). Von seiner Wohnung sieht man die sechs Apostel auf der linken Seite der Fassade sowie die Backsteinkuppel. Deren Form erinnert unseren Commissario immer an einen Panettone, den unvermeidlichen italienischen Weihnachtskuchen *[Das Mädchen seiner Träume]*.

Bei der Aufklärung des mysteriösen Todesfalles von Roberto Lorenzoni kann Sergio seinem Bruder dank seiner beruflichen Kenntnisse als Röntgentechniker zu einem entscheidenden Durchbruch verhelfen *[Nobiltà]*.

Sergio Brunettis Wohnung

Piazzale Roma

Mestre - Piazza Ferretto, 39

Piazzale Roma (A3)

Die Piazzale Roma besteht aus einem großen Parkplatz, der seit kurzem durch eine gläserne Brückenkonstruktion mit dem Bahnhof verbunden ist (Santa Croce, Piazzale Roma, s. Vorseite). Ab hier ist es Bussen und Autos nicht mehr möglich, weiter in das Zentrum der Stadt zu gelangen, das nur zu Fuß oder per Boot zugänglich ist. Brunettis Dienst- und Privatfahrten aufs Festland nehmen am Piazzale häufig ihren Anfang oder finden ihr Ende.

Eine freudige Überraschung erlebt der Commissario, als er an der dortigen Carabinieri-Station den amerikanischen Captain Dr. Peters abholt, der sich als attraktive Capitana herausstellt *[Endstation Venedig]*.

Erschrocken reagiert hingegen Maria Teresa Bonamini, als ihr ungestümer Freund Maurizio Lorenzoni versehentlich beim Zuschlagen der Autotür ihre Hand bricht *[Nobiltà]*.

Vor der Carabinieri-Station an der Piazzale Roma

Eisdiele am Campo San Giacomo da l'Orio (B2)

Besonders das Feigeneis der unscheinbaren Eisdiele hat es Paola angetan, die für ihre Familie zum Nachtisch ein ganzes Kilo davon besorgt, das komplett verzehrt wird *[Lasset die Kinder zu mir kommen]*.

Um die Kinder vor den investigativen Fragen ihres von seinem aktuellen Fall gefangen genommenen Vaters zu schützen, schickt Paola sie noch vor Beendigung des Mittagessens zum Eis holen an den Campo San Giacomo da l' Orio (Santa Croce 1658, Calle Larga) *[Das Mädchen seiner Träume]*.

Brunettis Wohnung mit Dachterrasse (die linke der beiden)

Brunettis Wohnung (C3)

Die Wohnung von Commissario Guido Brunetti, seiner Frau, der Literaturdozentin und leidenschaftlichen Köchin Paola, sowie den beiden halbwüchsigen Kindern, Chiara und ihrem drei Jahre älteren Bruder Raffaele (genannt Raffi), befindet sich in der Calle Dolera Atorno al Brusà 1421A (San Polo 1421A, Calle Dolera Atorno al Brusà). Die 94 Stufen bis zur vierten Etage halten die Familienmitglieder fit, und sie werden mit einer weitläufigen, nach Westen ausgerichteten Dachterrasse belohnt, die den Blick auf den Kirchturm von San Polo freigibt.

Von Paolas Arbeitszimmer aus kann man den Campanile des Markusdoms bewundern und aus dem Küchenfenster die Bergwelt der Dolomiten, gutes Wetter vorausgesetzt *[Schöner Schein]*.

Das oberste Stockwerk, in dem die Wohnung liegt, wurde

viele Jahre vorher vom früheren Besitzer illegal errichtet – ein in Venedig durchaus übliches Verfahren – und Brunetti fürchtet den Tag und die zu zahlenden Schmiergelder, an dem er dafür zur Verantwortung gezogen wird *[Venezianisches Finale]*.

Eingangstür zu Brunettis Wohnhaus

Tatsächlich steht eines Tages Signor Rossi, ein Beamter des Katasteramts, vor seiner Tür und verlangt diesbezüglich Rede und Antwort. Es ist nicht Brunettis Schuld, dass Rossi kurz darauf von einem Baugerüst stürzt und seinen Verletzungen erliegt *[Feine Freunde]*.

Mit im Haus wohnt unter anderem noch Sara Paganuzzi, die dem pubertierenden Raffi durch die meisten Romane hindurch den Kopf verdreht.

Blumenladen Biancat (C3)

Regelmäßig erfreut sich Brunetti auf seinem Heimweg an den phantasievollen Schaufenstern seines Lieblingsblumenladens Biancat, mit dessen Besitzer er auch mal ein Schwätzchen hält *[Endstation Venedig]* (San Polo 1476, Campiello dei Meloni). Gerne bringt er seiner Paola Flieder oder Iris mit nach Hause, selbst (oder gerade?) wenn der Haussegen mal aufgrund einer eingeworfenen Reisebüroscheibe schief hängt *[In Sachen Signora Brunetti; Venezianisches Finale; Wie durch ein dunkles Glas; Reiches Erbe]*. Auch die Haushälterin der Wellauers verschönerte bis zum tragischen Tod des Hausherrn deren Wohnung mit Blumenschmuck von Biancat.

Signorina Elettra bezieht immer montags von dort ihre Büroblumen, bis Vice-Questore Patta sich über die hohen Kosten beklagt *[Verschwiegene Kanäle]*.

In realtà musste der Blumenladen mittlerweise einem Ledergeschäft weichen.

Campo Sant'Aponal (C3)

Commissario Brunetti überquert regelmäßig auf seinem Arbeitsweg den kleinen quadratischen Campo Sant'Aponal (San Polo, Campo Sant'Aponal). Gerne kauft er dort eine Auswahl aktueller Tageszeitungen *[Endstation Venedig; Blutige Steine]*.

In der Bar am Platz bespricht er sich mit seinem Kollegen Vianello und der Opernsängerin Flavia Petrelli, wie man am besten deren Freundin Brett Lynch aus den Händen des irren Kunstsammlers La Capra rettet *[Acqua alta]*. *In realtà* gibt es am Campo keine Bar, aber ein Restaurant.

Zeitungsladen am Campo Sant'Aponal

Pieros Käselädchen (C2/3)

Mitten im Getümmel am Anfang des Touristenmarktes bei der Rialtobrücke behauptet sich neben all den Kitschständen Pieros winziges Käselädchen als einziges Geschäft, das noch Lebensmittel verkauft (San Polo 47, Ruga dei Oresi). Piero ist bei den Einheimischen so bekannt, dass er auf ein Ladenschild sowie die eigentlich obligatorische Hausnummer verzichten kann. Auch die Brunettis, Signora Gismondi und andere Einheimische kaufen hier gerne ihren Parmigiano ein *[Beweise, daß es böse ist; Das Mädchen seiner Träume]*.

Traghetto-Station Santa Sofia am Markt

Markt an der Rialtobrücke (C2)

Westlich der Rialtobrücke erstreckt sich gleich hinter dem Kriminalgericht Venedigs berühmter Fisch- und Gemüsemarkt sowie an zwei Tagen pro Woche der Blumenmarkt, den Signorina Elettra dienstags in Anspruch nimmt (San Polo, Mercato). Im Zuge von Sparmaßnahmen muss sie eine Zeitlang ihre Büroblumen von dort besorgen, anstatt auf ihre Lieblingsfloristen Biancat oder Fantin zurückgreifen zu dürfen *[Verschwiegene Kanäle; Reiches Erbe]*.

Gerne kauft der Commissario auf seinem Heimweg über den Markt das Familienabendessen ein oder lässt sich für weitere Mahlzeiten inspirieren, nicht ohne sich immer wieder über den Touristenrummel und die ausufernden Kitschbuden und Stände mit abgepackten Lebensmitteln zu ärgern. *[Sanft entschlafen]*.

Casa del Parmigiano (C2)

Nach bestandener Glaubwürdigkeitsprüfung – Brunetti ist Familienvater und spricht astreines Venezianisch – darf der aus ermittlungstaktischen Gründen als Versicherungsvertreter getarnte Commissario einer älteren Signora die 15 Kilogramm schwere Einkaufstasche in ihre Wohnung im dritten Stock tragen.

Die Einkäufe hat die Signora unter anderem bei Giuliano in der Casa del Parmigiano (San Polo 214, Campo Cesare Battisti) getätigt, einem alteingesessenen Feinkostgeschäft am Rialtomarkt, wo es ihrer Aussage nach den besten, wenn auch teuren Schinken der Stadt gibt. Dem kann Brunetti nur zustimmen, da auch seine Gattin Paola dort gerne und oft ihre Lebensmittel besorgt *[Venezianische Scharade]*.

Haus des Journalisten Padovani (C4)

Wenn Commissario Brunetti in homosexuellen Kreisen ermitteln muss, holt er sich gerne die Expertise des schwulen Journalisten Demetrio Padovani ein, einem früheren Studienkollegen Paolas. Der wohnt alleine in einem geschmackvoll eingerichteten, ehemaligen Bootshaus im versteckten Ramo drio agli Incurabili an einem kleinen Kanal (Dorsoduro 439, Campiello drio agli Incurabili). Dorthin lädt er den Commissario zur Fallbesprechung und serviert ihm ein ebenso köstliches wie reichhaltiges Drei-Gänge-Menü *[Venezianisches Finale; Venezianische Scharade]*.

Blick vom Bootsanleger auf den Canal Grande

Universität Ca' Foscari (B3)

Hinter diesen ehrwürdigen Mauern mit den drei Engeln im Tympanon des imposant umrahmten Eingangstores lehrt Paola vier Wochenstunden englische Literatur (Dorsoduro 3246, Calle de Ca' Foscari). Nicht selten verzweifelt sie am sinnlosen Bürokratismus der Universität oder an der Ignoranz mancher Studenten.

Das Verbrechen macht auch vor den Hochschülern nicht Halt. So muss Paolas Gatte den Mord an Claudia Leonardo *[Die dunkle Stunde der Serenissima]* und den mysteriösen Tod von Roberto Lorenzoni *[Nobiltà]* aufklären.

Universität Ca' Foscari, Haupteingang

Universität Ca` Foscari vom Canal Grande aus

Blick ins Schaufenster von Leles Galerie

Leles Galerie (C4)

Wann immer sich Brunettis Untersuchungen um echte oder gefälschte Antiquitäten oder andere Kunstgegenstände drehen, wendet er sich an den Maler, Antiquitätenhändler und alten Freund seines Vaters, Lele Bortoluzzi. In dessen Galerie hinter dem Campo San Vio erfährt er von ihm sowohl viel über Original und Fälschung von Kunstwerken als auch über die Korrumpierbarkeit professioneller Kunstsammler, die selbst vor Gewaltverbrechen nicht zurückschrecken *[Acqua alta; Die dunkle Stunde der Serenissima]* (Dorsoduro 368, Fondamenta Ospedaleto).

Campo Manin (C3)

Die klobige Architektur der Cassa di Risparmio (Foto s. S. 126), laut Brunetti eines der drei scheußlichsten Bauwerke Venedigs, zerstört das Flair des ansonsten recht hübschen Campo Manin (San Marco, Campo Manin).

Unter den Augen der Statue des Revolutionärs Daniele Manin zertrümmert Paola eines Nachts die Schaufensterscheibe des Reisebüros von Signor Mitri aus Protest gegen die dort vermittelten Sexreisen. Nach der Tat wartet sie geduldig am Campo, bis die Kollegen ihres Mannes sie dort festnehmen und sie in der Questura vom sichtlich verärgerten Gatten „ausgelöst“ wird *[In Sachen Signora Brunetti]*.

Ebenfalls am Platz wohnt Gino Pivetti, dessen geplante Ehe der „gottesfürchtige“ Apotheker Franchi zu verhindern wusste *[Lasset die Kinder zu mir kommen]*.

Campo San Luca (vorne rechts die Bar Rosa Salva, dahinter das Torino), links am Rand die Buchhandlung Tarantola (Foto: 4/2006)

Campo San Luca (C3)

Der quirlige Campo San Luca mit seinen diversen Geschäften und Bars ist ein beliebter Treffpunkt für die Venezianer. (San Marco, Campo San Luca). Gerne trinken die Brunettis in der Bar Rosa Salva den laut Paola besten Caffè der Stadt *[Endstation Venedig]*, oder der Commissario nutzt die Panoramafenster der Bar Torino zu Observationszwecken *[Feine Freunde]*.

Im Buchladen Tarantola lieben es die beiden, in den Büchern zu schmökern, und auch Fachliteratur seinen aktuellen Fall betreffend kann Guido Brunetti dort finden *[Endstation Venedig; Lasset die Kinder zu mir kommen]*.

Magengrimmen bereitet ihm der undurchsichtige Avvocato Santomauro, den der Commissario in seiner Kanzlei am Campo besucht, weil er ihm dessen angeblich weiße Weste nicht abnimmt – zu Recht, wie sich schließlich herausstellt *[Venezianische Scharade]*. Einen dilettantisch verübten

Banküberfall hofft Brunetti quasi nebenbei am Vormittag zu lösen *[In Sachen Signora Brunetti]*.

In realtà hat die Bar Rosa Salva schon zweimal den Besitzer gewechselt und heißt aktuell „Marchini Time". Auch die Buchhandlung musste neuen Geschäftsideen weichen.

Campo San Bartolomeo (C3)

Der in Bronze gegossene Goldoni, ein bedeutender Vertreter der italienischen Commedia dell'Arte, wacht über den zentralen, bei der Rialtobrücke gelegenen Campo San Bartolomeo (San Marco, Campo San Bartolomeo). Unter der Statue, umgeben vom ständigen Trubel des Platzes, wartet Paola auf ihren Guido, um gemeinsam mit ihm Weihnachtseinkäufe für die Kinder zu erledigen. Dabei muss er erfahren, dass seine Tochter Chiara aktuell in den britischen Thronfolger verliebt ist und zu Weihnachten ein entsprechendes Poster erhalten wird *[Blutige Steine]*.

Die Banca di Verona am Campo beschäftigt den Commissario dienstlich, wurde doch deren Direktor Leonardo Mascari ermordet in Frau-

Campo San Bartolomeo: Goldoni-Statue (im Hintergrund das Kaufhaus Coin)

enkleidern aufgefunden. Ihm oblag die Aufsicht der Konten der dubiosen Lega della Moralità, deren Moral sich auf den Namen ihrer Organisation beschränkt *[Venezianische Scharade]*.

In einem Durchgang, dem Sotoportego de la Bissa, stellen sich Brunetti vier, ihm zum Teil durch Ermittlungen bekannte Kadetten der Militärschule in den Weg, die er mit einem gezielten Fußtritt vertreibt und ungerührt seinen Weg fortsetzt *[Verschwiegene Kanäle]*.

Sotoportego de la Bissa

In realtà heißt die Bank mit den Geschäftsräumen im ersten Stock Banca Generali, deren Direktor hoffentlich noch lebt …

Palazzo Falier (B4)

In dem am Canal Grande unweit der Ponte Accademia gelegenen gotischen Palazzo Falier mit dem kleinen Vorgärtchen leben die Eltern von Paola - der wohlhabende, im Finanzgeschäft engagierte Conte Orazio Falier mit seiner Gattin (San Marco 2904, Calle Vitturi, s. umseitig). Die Beziehung zu seinen adeligen Schwiegereltern verläuft für Brunetti nicht immer problemlos, zumal sich auch der Conte an den Gedanken gewöhnen musste, seine einzige Tochter mit einem "einfachen Polizisten" verheiratet zu wissen *[In Sachen Signora Brunetti]*.

Mit den Jahren jedoch wird das Verhältnis inniger und der Conte sucht von sich aus die Nähe zu seinem Schwiegersohn, fragt ihn in Geschäftsdingen um Rat oder lädt ihn zu einer Vernissage ein *[Schöner Schein]*.

Schon immer entspannt hingegen plaudert Guido mit

dem Dienstmädchen Luciana, das seit vielen Jahren in den Diensten der Faliers steht *[Sanft entschlafen]*.

Die regelmäßig im Palazzo stattfindenden Feste sind dem Commissario ein Gräuel, die intimen Kenntnisse des Conte aus der Welt der High Society eine unschätzbare Hilfe. Außerdem lernt er auf einem dieser Feste Paolas ehemaligen Studienkollegen, den exzentrischen Journalisten Padovani kennen, auf den er seitdem dann und wann zurückgreift *[Venezianisches Finale; Venezianische Scharade]*. Überraschend gut unterhält er sich bei einer Einladung mit der hochgebildeten Franca Marinello, noch nicht ahnend, dass er ihr bei seinem nächsten Fall wiederbegegnen wird *[Schöner Schein]*.

Vom Canal Grande aus gesehen rechts neben dem Wohnhaus der Faliers steht ein prächtiger, frisch restaurierter weißer Palazzo mit zwei auffälligen schmalen Türmchen. Hier wohnte einst ein Schulfreund Brunettis, dessen Vater sein gesamtes Vermögen inklusive Palazzo in einem Privatcasino verspielt hatte *[Das Mädchen seiner Träume]*.

Der ehemalige Palazzo von Brunettis Schulfreund

Palazzo Falier

RENATA

Die Riva degli Schiavoni

Telefonzellen an der Riva degli Schiavoni (D3)

Wann immer er abhörsicher telefonieren möchte, lenkt Commissario Brunetti seine Schritte zu den nächstgelegenen öffentlichen Telefonzellen an der Riva degli Schiavoni, wo er lediglich von Touristenhorden „belauscht" werden kann *[Endstation Venedig; In Sachen Signora Brunetti; Blutige Steine]* (Castello, Riva degli Schiavoni, Anleger San Zaccaria Jolanda).

Questura und Campo San Lorenzo (D3)

Brunettis Arbeitsplatz liegt am Ufer des Rio San Lorenzo gegenüber dem Campo San Lorenzo mit der gleichnamigen Kirche und einem Altenheim (Castello 5053, Fondamenta San Lorenzo und Campo San Lorenzo). Letzteres gibt Brunetti immer wieder Anlass, mit dem staatlichen Fürsorgesystem zu hadern *[Die dunkle Stunde der Serenissima]*.

Campo San Lorenzo (links das Altenheim) mit Katzenhäusern am Portal der Chiesa

Das Büro des Commissario liegt im obersten Stock mit Blick auf die Chiesa San Lorenzo, deren eingerüstete Fassade nach Jahren des Stillstands doch noch renoviert und vom Gerüst befreit wurde. Geschlossen ist die Kirche jedoch nach wie vor. Mildtätige Zeitgenossen haben direkt vor den Kirchentoren kleine Behausungen für obdachlose Katzen errichtet und liebevoll mit Decken, Plüschtieren, Fress- und Wassernäpfen ausgestattet.

Detailaufnahme der Katzenhäuser

Zwei Stockwerke unter Brunetti arbeitet sein Untergebener und Vertrauter Sergente Vianello, der später zum Ispettore befördert wird *[Venezianische Scharade; Die dunkle Stunde der Serenissima]*. Der sehr auf seine Außenwirkung bedachte

Vice-Questore Patta, mit sizilianischem Blut in den Adern, residiert im ersten Stockwerk *[Blutige Steine]* und gerät regelmäßig in Konflikt mit dem Commissario, da beide recht unterschiedliche Auffassungen von redlicher Polizeiarbeit haben. Mitleid erregt Patta mit seinen prekären Familienverhältnissen: Seine Frau brennt nach 27 Ehejahren vorübergehend mit einem Pornofilmindustriellen durch *[Venezianische Scharade; Sanft entschlafen]*, und sein jüngerer Sohn Roberto verdingt sich in Jesolo als Drogendealer *[Feine Freunde]*.

Stets hilfreich zur Stelle ist Signorina Elettra, die attraktive Sekretärin aus Pattas Vorzimmer, die auch als einzige im Präsidium den Umgang mit PC und Internet beherrscht. Gerne lässt sie ihre vielfältigen Beziehungen spielen und erhält so nicht immer gesetzestreu Zugang zu den geheimsten Daten. Ihr einmaliger Versuch, aktive Ermittlungsarbeit zu betreiben, endet für sie traumatisch und beinahe tödlich *[Das Gesetz der Lagune]*.

Kommissarin Claudia Griffoni, der jüngste Zuwachs der Questura, erhält ebenfalls im ersten Stock ihr Büro *[Schöner Schein]*.

Vom Vice-Questore protegiert und von Signorina Elettra als notorischer Lügner bezeichnet *[Reiches Erbe]*, darf der intrigante Tenente Scarpa ein Büro sein eigen nennen, obwohl er kein Commissario ist. Zu Scarpas Ärger setzt Brunetti häufig dessen äußerst fähigen Assistenten Pucetti für Spezialaufträge ein *[Verschwiegene Kanäle; Das Gesetz der Lagune]*. Die beiden anderen Assistenten Alvise und Riverre sind intellektuell eher einfach strukturiert und treiben den Commissario manchmal in die schiere Verzweiflung. Zum Labor des Kriminaltechnikers Bocchese gelangt man über eine Hintertreppe *[Feine Freunde]*.

In realtà befindet sich in dem beschriebenen Gebäude die Polizia di Stato, die tatsächliche Questura hingegen nahe der Piazzale Roma.

Kapitel 2: Trinken - Essen - Schlafen

Die ehemalige Bar Rosa Salva am Campo San Luca (Bild oben, Foto: 4/2006) ist eine der Lieblingsbars der Brunettis. Die Gäste kennen einander, wenn auch nur vom Sehen, und nirgendwo schmeckt ihnen der Caffè so gut, vor allem zusammen mit den kleinen Ricotta-Kuchen [Endstation Venedig; In Sachen Signora Brunetti]. *Brunettis Freund, der gutmütige Apotheker Danilo, teilt ihm in der Bar den neuesten Tratsch mit,*

den er sich tagtäglich von seinen Kundinnen anhört. Dem Commissario nützt dieser Klatsch für seine Polizeiarbeit.

In realtà *wurde die gemütliche Bar leider komplett in eine eher kühl gehaltene Stehkneipe umgewandelt und hat seitdem schon zum zweiten Mal den Besitzer gewechselt, was auch in* [Schöner Schein] *Erwähnung findet.*

Wer dennoch den echten Rosa-Salva-Kaffee probieren möchte, hat dazu am Campo Santi Giovanni e Paolo direkt bei der Calle Bressana in der dortigen Bar Rosa Salva (Bild unten) die Möglichkeit. Commissario Brunetti, Dottor Rizzardi und Dottor Niccolini stärken sich hier mit einem Caffè, bevor der Chefpathologe dem geschockten Niccolini die Obduktionsergebnisse von dessen kürzlich verstorbener Mutter mitteilt. Behutsam entlockt Brunetti beim anschließenden Glas Wein dem Trauernden Informationen über das Leben der Signora [Reiches Erbe]. *Eine Konditorei Rosa Salva befindet sich auch im Sestiere San Marco, Nr. 951, in der Nähe des Hotels Astoria.*

Osteria La Bussola (B2)

Im ehemaligen Judenviertel, dem Gheto Novo, trifft sich der Commissario mit seinem Schwiegervater zu einem ausgedehnten „Geschäftsessen“ im La Bussola (Cannaregio 1424, Callesele). Die Inhaberin ist die Tochter eines Freundes von Conte Falier.

Während sie das reichhaltige Menü verspeisen, fragt Guido seinen Schwiegervater über die Adelsfamilie Lorenzoni aus, deren Sohn tot aufgefunden wurde. Doch auch der Conte nutzt die seltene Zweisamkeit mit Guido und öffnet ihm die Augen für den Seelenzustand von Paola, die sich seiner Meinung nach hinter Brunettis Arbeit zweitrangig fühlt *[Nobiltà]*.

In realtà heißt die Osteria mittlerweile „Bentigodi“.

Eckbar in der Strada Nova (C2)

Signora Gismondi, die Nachbarin der äußerst unangenehmen Signora Battestini, trifft zufällig deren bedauernswerte rumänische Haushaltshilfe Florinda Ghiorghiu in der Eckbar nahe der Traghetto-Anlegestelle Santa Fosca (Cannaregio 4208, Strada Nova, Anleger Santa Sofia). Aus Mitleid über den kargen Verdienst trotz der harten Arbeit, die Florinda täglich zu leisten hat, lädt Signora Gismondi sie zu zwei Kugeln Eis ein. Wenige Wochen später sind Florinda und ihre Arbeitgeberin tot ... *[Beweise, daß es böse ist]*

In realtà heißt die Anlegestelle Santa Sofia.

Enoteca Boldin

Enoteca Boldin (C3)

Auf dem Weg zur Wohnung der getöteten Signora Battestini lenkt Commissario Brunetti seine Schritte in die großräumige Enoteca (Cannaregio 5550, Salizada San Canzian), um dort einige der seiner Meinung nach besten Tramezzini der Stadt zu verzehren: die mit Prosciutto und Zucchini *[Beweise, daß es böse ist]*. *In realtà* heißt die Enoteca Boldrin.

Ostaria Al Milion (C2/3)

Als Strohwitwer – seine Familie befindet sich auf Sommerfrische in den Bergen – zieht es Brunetti vor, außer Haus zu Mittag zu essen, statt alleine für sich zu kochen. Eine adäquate Alternative findet er in der kleinen Ostaria Al Milion, die sich den winzigen gleichnamigen Campo mit zwei anderen Restaurants ähnlicher Größe teilt (Cannaregio 5841, Corte del Milion). Trotz der sengenden Hitze kann er dort kühl im Freien unter dem Schatten spendenden Weindach speisen *[Venezianische Scharade]*.

BAR PASTICCERIA BALLARIN
CartaSi
CartaSi
DAY
LUNCH

Pasticceria Ballarin (C3)

In der dicht bevölkerten Einkaufsmeile kurz vor dem Kaufhaus Coin übersieht man fast die üppigen Auslagen der zwischen zwei andere Geschäfte gedrängten Pasticceria Ballarin (Cannaregio 5795, Salizada San G. Grisostomo). Brunetti kehrt dort gerne auf einen schnellen Kaffee und ein Stück Gebäck oder eine Brioche ein *[Wie durch ein dunkles Glas; Das Mädchen seiner Träume]*.

Auch seine Zeit als Strohwitwer nutzt er zum Frühstück in der Bar, während er im Gazzettino die Schlagzeilen und Berichte zu seinem aktuellen Fall studiert *[Auf Treu und Glauben]*.

Pizzeria Due Colonne (B3)

Nachdem sich die Wogen um eingeworfene Reisebüroscheiben durch Paola und den Mord an dem Besitzer eben dieses Reisebüros geglättet haben, führt Guido seine Gattin nach langer Zeit wieder einmal aus. Paola wünscht sich eine Pizza im Due Colonne nahe dem Campo Sant'Agostin, ein paar Minuten Fußmarsch von ihrem Zuhause entfernt *[In Sachen Signora Brunetti]* (San Polo 2343, Campo Sant'Agostin).

Bar an der Ponte de le Becarie (C2)

In diese Weinbar unweit des Fischmarktes bittet Guido Brunetti den Richter Galvani um eine vertrauliche Unterredung über die korrupten Machenschaften der Schulbehörde (San Polo 362, Campo de le Becarie). Ohne ihn bislang persönlich gekannt zu haben, genießt der Commissario beim Richter einen ausgezeichneten Ruf aufgrund der Tatsache, dass Vice-Questore Patta kein gutes Haar an seinem Untergebenen lässt *[Beweise, daß es böse ist]*.

In realtà handelt es sich um die Bar Stellina.

Bar an der Ponte de le Becarie

Pizzeria Antico Panificio (C3)

Ein akuter Anfall von grenzenloser Erschöpfung, gepaart mit der Trostlosigkeit eines von seiner Familie verlassenen Mannes (und sei es nur für eine harmlose Urlaubsreise), treibt den Commissario aus der Questura hinein in die Pizzeria Antico Panificio. *In realtà* handelt es sich um den Pizzastand Antico Forno (San Polo 973, Rugheta Ravano).

Von dort nimmt Brunetti sich eine leckere Pizza mit nach Hause und versucht, mit zwei Flaschen Bier und anspruchsvoller Lektüre seinen düsteren Gedanken zu entkommen *[Auf Treu und Glauben]*.

Bar Do Mori (C3)

Die nahe der Rialtobrücke gelegene urige Einheimischenbar mit großen Kupferkesseln an der Decke war lange Zeit Brunettis Lieblingsbar, in die er nach seinen Markteinkäufen gerne einkehrte (San Polo 429, Calle dei Do Mori). Er ließ sich vom Besitzer Roberto aufheitern, wenn er wieder einmal völlig genervt von den Touristenmassen in die Bar flüchtete und sich bei einem Glas Cabernet und einem mit Schinken und Artischocken belegten Tramezzino langsam beruhigte *[Sanft entschlafen; Endstation Venedig]*.

Sogar seine minderjährige Tochter Chiara schickte Brunetti bedenkenlos in die Kneipe, um sich von ihr drei Flaschen Dolcetto bringen zu lassen *[Vendetta]*.

Seit jedoch die zweifellos freundlichen neuen Besitzer das Do Mori übernommen haben, trifft man den Commissario dort nur noch selten an *[Beweise, daß es böse ist]*.

Bei der Befragung eines Anwalts in der angenehm kühlen Bar gerät Brunetti wieder ins Schwärmen ob der ausgezeichneten Tramezzini, die selbst der „Bar an der Brücke" nicht so gut gelingen *[Auf Treu und Glauben]*.

Polizeieinsatz auf dem Canal Grande
von der Rialtobrücke aus gesehen,
rechts das Ristorante Sommariva

Ristorante Sommariva (C3)

Mitten im größten Touristentreiben liegt das Ristorante Sommariva direkt am Canal Grande mit herrlichem Blick auf die nicht weniger frequentierte Rialtobrücke (San Polo 731, Riva del Vin).

Nach einem langweiligen mit Kriminalstatistiken zugebrachten Tag im Büro lässt der Commissario dort den Abend mit Paola bei Hummer, Champagner und Grappa gemütlich ausklingen *[Verschwiegene Kanäle]*.

Pasticceria Tonolo (B3)

Die in einer Einkaufsstraße gelegene, viel besuchte Pasticceria Tonolo wird von Brunetti und seiner Frau hauptsächlich wegen „un cigno", einem cremegefüllten Schwan, geschätzt (Dorsoduro 3764, Crosera San Pantalon). Doch auch das andere Gebäck und die Pralinen verachtet unser Commissario nicht *[Blutige Steine; Wie durch ein dunkles Glas]*.

Hölzerne Plattformen nahe der Gelateria Nico und der Bar Il Cucciolo auf dem breiten Canale della Giudecca

Gelateria Nico (B4)

Die Gelateria Nico ist pittoresk an der Fondamenta Zattere ai Gesuati gelegen, mit Blick über den Canale della Giudecca und die gleichnamige Insel (Dorsoduro 922, Fondamenta Zattere ai Gesuati). In der Wohnung darüber verweilte Brunetti des Öfteren, bevor er seine Paola kennenlernte *[Verschwiegene Kanäle]*.

Nicht nur das Eis mundet bei Nico, sondern auch der Grog, den der Commissario schlürft, während er schaudernd zwei amerikanische Touristinnen beobachtet, die bei der Kälte „Geladdo" bestellen *[Acqua alta]*.

Bar Il Cucciolo (B4)

Ganz in der Nähe von Nicos Gelateria liegt Il Cucciolo, jene Bar, in der Guido und Paola sich zu Beginn ihres Kennenlernens gerne aufgehalten haben (Dorsoduro 780, Fondamenta Zattere ai Gesuati). Begehrt sind weniger die unfreundlichen Kellner als vielmehr die Sonnenplätze auf der hölzernen, am Ufer des Canale della Giudecca errichteten Plattform. Einen solchen hat Brunetti ergattert und ge-

nießt bei einem Glas Campari die Gesellschaft der Opernsängerin Flavia Petrelli, die kurz darauf ihre Zelte in Venedig abbrechen wird *[Acqua alta]*.

In realtà handelt es sich um das Ristorante La Piscina im Gebäude der Pension La Calcina. Über die dortigen Kellner können wir nichts Negatives berichten ...

Cantinone Storico (B4)

Am beschaulichen Rio di San Vio, sommers mit Tischen und Stühlen direkt am Wasser, lässt es sich der Commissario bei Risotto mit Garnelen und einer gegrillten Goldbrasse mit Salzkartoffeln gut gehen (Dorsoduro 661, Fondamenta di Ca' Bragadin) *[Blutige Steine]*.

Auch Vianello verachtet das Cantinone Storico nicht und genießt mit Brunetti zusammen die Mittagspause bei Garnelen mit Gemüse und Koriander sowie einer Flasche Pinot Noir *[Das Mädchen seiner Träume]*.

Gelateria Paolin (B/C3)

Am Übergang zwischen dem Campo und dem Campiello Santo Stefano befindet sich die Gelateria Paolin, in der man aber auch Panini oder Tramezzini erhält (San Marco 2962A, Campo Santo Stefano).

Nach einem Termin im nahe gelegenen Konservatorium gönnt sich Brunetti hier einen Espresso und wundert sich einmal mehr über die Touristen, die ihren Cappuccino trotz der Kälte tapfer im Freien trinken *[Venezianisches Finale]*.

Le Café (C4)

In dieser Bar am Campo Santo Stefano neben einer Apotheke befragt der Commissario zwei amerikanische Augenzeugen zum Mord an einem schwarzafrikanischen Straßenhändler (San Marco 2797, Campo Santo Stefano).

Das letzte Mal war er hier zu Gast gewesen, als die Bar noch eine amerikanische Eisdiele beherbergte und ihm ein kulinarisches Trauma bereitet hatte. Mittlerweile sind wohl vor allem wieder die Tramezzini mit Prosciutto und Carciofi zu empfehlen, wie ihm eine alte Frau verrät, die jeden Abend in die Bar kommt, weil die nicht verkauften Tramezzini dann kostenlos verzehrt werden dürfen *[Blutige Steine]*. *In realtà* befindet sich in der Apotheke inzwischen ein Juwelier.

Le Café mit rechts angrenzender Apotheke (Foto 4/2010)

Eingangsschild des Ristorante Rosa Rossa

Ristorante Rosa Rossa (C3)

Unweit vom Campo Santo Stefano empfiehlt Brunetti dem im Le Café von ihm befragten amerikanischen Arztehepaar das Lokal Rosa Rossa (San Marco 3709, Calle de la Mandola). Die beiden fliegen am nächsten Tag nach Hause und wollen wenigstens am letzten Abend nicht (wie sonst jeden Tag) mit ihrer Reisegruppe in ein verkitschtes Touristenlokal gehen *[Blutige Steine]*.

Leider steht nicht geschrieben, wie es ihnen im Rosa Rossa gefallen hat.

Hotel La Fenice (C3)

Das am Campiello Marinoni in der Nachbarschaft zum Teatro La Fenice gelegene Hotel La Fenice beherbergt den homosexuellen Regisseur Franco Santore aus dem Ensemble des Dirigenten Wellauer (San Marco 1936, Campiello Marinoni). Seine Befragung durch Commissario Brunetti im Foyer des Hotels wirft kein gutes Licht auf den Verstorbenen, der mit überzogenen Moralvorstellungen seine Truppe tyrannisiert haben soll *[Venezianisches Finale]*.

HOTEL LA FENICE
1936

Hotel Gritti mit Terrasse

Caffè Florian (D3)

Eigentlich verkehren Vice-Questore Patta und sein Untergebener Commissario Brunetti nicht in den gleichen Etablissements.

Und so verirrt sich Brunetti nur ganz selten ins direkt am Markusplatz gelegene Nobelcafé Florian (San Marco 56, Piazza San Marco): Einmal auf eine Unterhaltung mit der Ärztin Barbara Zorzi über deren Patienten Trevisan hin, wobei er bewusst mit der attraktiven Schwester seiner Sekretärin Signorina Elettra Zorzi einen Tisch am Fenster wählt, frei nach dem Motto: „Sehen und gesehen werden“ *[Vendetta]*.

Ein andermal schlürft er dort auf dem Weg zu seinen Schwiegereltern einen Espresso im Stehen hinten an der Bar *[Das Mädchen seiner Träume]*.

Patta hingegen genießt im Winter täglich seinen morgendlichen Caffè im luxuriösen Ambiente des berühmten Kaffeehauses *[Venezianisches Finale]*.

Caffè Florian, Interieur

Am Eingang des Hotels Santa Marina

Hotel Santa Marina (D3)

Der Campo Santa Marina wird beherrscht von der sonnengelben Fassade des gleichnamigen Vier-Sterne-Hotels, geführt von Freunden des Commissario (Castello 6067, Campo Santa Marina). Brunetti reserviert dort ein Zimmer für das Ehepaar Landi, das die traurige Aufgabe hat, ihren 20-jährigen, an einer Überdosis Heroin gestorbenen Sohn im Ospedale Civile zu identifizieren. Die Eltern ziehen es jedoch vor, gleich wieder nach Hause zu fahren *[Feine Freunde]*.

Pasticceria Didovich (D3)

Bewaffnet mit den Tageszeitungen Il Tempo und Il Gazzettino begibt sich Commissario Brunetti ins Didovich (Castello 5908, Campo Santa Marina) zum Frühstück, das typisch italienisch klein ausfällt: Ein Kaffee und eine Brioche. Er überfliegt die tendenziöse Berichterstattung über den Mord an einem jungen Kadetten und hört sich dazu noch die „Stimme des Volkes“ stellvertretend durch drei anwesende Frauen an, bevor er die Bar verlässt, um zur Arbeit zu gehen *[Verschwiegene Kanäle]*.

Campo Santa Marina, im Hintergrund Pasticceria Didovich

Osteria Alle Testiere (D3)

Von Signorina Elettra zum Mittagessen weggeschickt, da sie in Ruhe auf halb legalem Wege Regierungsunterlagen zu beschaffen gedenkt, begibt sich Brunetti ins Testiere beim Campo Santa Maria Formosa (Castello 5801, Calle del Mondo Nuovo). Doch so richtig kann er seine Meeresfrüchte und den laut Besitzer Bruno fangfrischen gegrillten Thunfisch nicht genießen, da ihm sein aktueller Fall im Kopf herumspukt *[Verschwiegene Kanäle]*.

Bar an der Brücke

Bar an der Brücke (D3)

Unangefochtener Spitzenreiter der von Brunetti und seinen Kollegen besuchten Lokale ist die zwanglose Bar an der Ponte de l´Osmarin mit ihrem sympathischen Wirt Sergio, dem kürzlich eingestellten Sengalesen Bambola und der riesengroßen Sandwichauswahl (Castello 4977D, Fondamenta de l'Osmarin). Nur gut hundert Meter von der Questura entfernt trifft man zu fast jeder Tageszeit Polizeibeamte bei Besprechungen oder ihren mehr oder weniger wohlverdienten Pausen an.

Auch Brunetti führt dort bei einem „Ombra“ und diversen Panini vertrauliche Gespräche mit seinen Assistenten Alvise und Riverre, seinem Kollegen Vianello, seiner Sekretärin Signorina Elettra, seinem Bootsführer Foa, einem alten Schulfreund, um nur einige zu nennen. Selbst die „Kollegen“ von den Carabinieri kommen dank ihm in den Genuss von Sergios Kneipe. Dieser bekommt leider Probleme mit dem Hygienekontrolleur, da er keine behindertengerechte Toilette vorzuweisen hat *[Schöner Schein]*.

In realtà handelt es sich um die Crazy Bar.

Ristorante Al Covo (E3)

Froh, heil aus einer illegalen Giftmülldeponie bei Mestre herausgekommen zu sein, lässt Brunetti leichtsinnigerweise seine Frau ein Ristorante für den gemeinsamen Abend vorschlagen. Zielsicher wählt Paola das Al Covo am Campiello de la Pescaria, eines der besten, aber auch der teuersten Lokale in Venedig (Castello 3969, Campiello de la Pescaria). Leider erfährt der Leser nicht, was und zu welchem Preis die Eheleute dort diniert haben *[Verschwiegene Kanäle]*.

Bar am Campo de Santa Giustina (D3)

In der einzigen Bar auf dem laut Brunetti abgelegenen Campo de Santa Giustina trifft sich der Commissario mit Signora Orsoni, der ehrbaren Vorsitzenden der Frauenschutzorganisation Alba Libera (Castello 6553, Campo de Santa Giustina). Zuvor stellt er noch Betrachtungen über den lieblos

Der Second-Hand-Laden nahe der Bar am Campo de Santa Giustina

gestalteten Second-Hand-Laden am Platz an, bei dem er niemals einkaufen würde.

Genauso wenig angetan ist Brunetti dann von dem Panino in der Bar, das geschmacklich kurz vor Pappe rangiert. Länger als ihm lieb ist, muss er dort verweilen, da Signora Orsoni nur schleppend mit der Wahrheit über ein schwarzes Schaf unter ihren traumatisierten Frauen herausrückt: Gabriela Pavon hat bis kurz vor Signora Altavillas Tod in deren Wohnung Unterschlupf gefunden, bevor sie überstürzt aus der Stadt geschafft wurde *[Reiches Erbe]*.

In realtà ist die Bar im Jahre 2009 der Trattoria Dal Vecio Squeri mit ausgezeichneter Küche gewichen.

Trattoria Da Remigio (D3)

Unweit der Bar an der Brücke befindet sich die Trattoria Da Remigio (Castello 3416, Salizada dei Greci), in der es sich Brunetti zur Mittagspause gut gehen lässt. Zu seinem Meeresfrüchtesalat und Seeteufel in Tomatensauce „begnügt" er sich mit einem viertel Liter Weißwein und einem Grappa zum Kaffee, damit er später noch ein „ordentliches" Abendessen zu sich nehmen kann *[Verschwiegene Kanäle]*.

Eckbar am Arsenale (E3)

Der Juwelier Claudio Stein pflegte in dieser Bar weiland mit Brunettis Vater regelmäßig einen Aperitif einzunehmen (Castello 2409, Campo de l'Arsenal). Jetzt möchte der alte Herr dessen Sohn in selbiger Eckbar am Arsenale in einer dringenden Angelegenheit treffen. Das Gespräch dreht sich um „Steine", die der Commissario im Zuge seiner laufenden Ermittlungen sichergestellt hat und die sich als wertvollste Diamanten herausgestellt haben *[Blutige Steine]*.

Bar Arsenale
Caffè espresso
Caffè Americano
Cappuccino
Caffelatte
The Caldo
Cioccolata calda
Croissant
Spritz
Aperitivo Bellini
Cocktail
Grappe
Vini d'Italia
Bibite Fredde
Limoncello
Pizze
Panini
Toast

PARROCCHIA
S. MARTIN
CAMPO
DE L'ARSENAL

Arsenale mit Eckbar

Hotel Paganelli (D3)

In dem traumhaft gelegenen Hotel an der Riva degli Schiavoni (Castello 4182, Riva degli Schiavoni) mit weitem Blick über die Lagune ist die amerikanische Reisegruppe untergebracht, die Zeuge des Mordes an einem schwarzafrikanischen Straßenhändler wurde.

Der Commissario wundert sich über die gute Wahl des Hotels, Amerikanern hatte er das bislang nicht zugetraut *[Blutige Steine]*.

Bar in der Via Garibaldi (E4)

In der Bar in der Via Garibaldi (Castello 1309, Via Garibaldi) an der Ecke zum Park mit Blick auf die Chiesa San Francesco di Paola verabredet sich Brunetti mit dem Nachtwächter Tassini, der nur ein paar Häuser entfernt wohnt.

Das Gespräch dreht sich um Tassinis cholerischen Chef De Cal und um diverse Umweltgifte in dessen Glasbläserei, die nach Tassinis Meinung für die Behinderung seines Kindes verantwortlich sind. Kurze Zeit später kommt der Arbeiter vor einem 1400 Grad heißen Schmelzofen zu Tode *[Wie durch ein dunkles Glas]*. *In realtà* handelt es sich um das Ristorante Il Nuovo Galeon.

Kapitel 3: Venedig und der Tod

Canal Grande, Blick von der Rialtobrücke

Der Canal Grande, die „Prachtstraße" Venedigs, überspannt von der einzigartigen Rialtobrücke, ist gesäumt von herrschaftlichen Palazzi, von denen uns einige bekannt sind, so das Casino, das Corte dei Conti gegenüber der Fontego dei Tedeschi, die Palazzi Volpi und Benzon in der Nähe von Brunettis Film-Dachterrasse, die Universität Ca' Foscari, der Palazzo Falier und sein Nachbarhaus, sowie das Luxushotel Gritti.

Doch dient der große Kanal auch zum Transport der Toten in speziellen Leichenbooten zu der Friedhofsinsel San Michele. Auf diesem, seinem letzten Weg wird der Dirigent Wellauer von seiner Frau und einem befreundeten Paar begleitet [Venezianisches Finale].

Der Commissario höchstpersönlich bringt die amerikanische Capitana Dr. Peters im Polizeiboot mit Blau-

licht von der Piazzale Roma über den Canal Grande nach San Michele zur Identifizierung ihres Kollegen Sergeant Foster [Endstation Venedig].

In Ermangelung an Carabinieri ziehen Brunetti und Vianello eigenhändig eine Leiche aus dem Kanal – ein Kind, das nur unglücklich gestürzt und ins Wasser gefallen ist [Das Mädchen seiner Träume]?

Bahnhof Santa Lucia (A2)

Der lang gestreckte Flachbau der Stazione Santa Lucia wird von Commissario Brunetti zu einem der drei scheußlichsten Bauwerke Venedigs gekürt (Cannaregio, Fondamenta Santa Lucia).

In der Stazione besteigt die zu Unrecht des Mordes an Signora Battestini verdächtigte rumänische Haushaltshilfe Florinda Ghiorghiu den Zug nach Zagreb, um am Grenzbahnhof Villa Opicina auf ihrer Flucht vor zwei Grenzpolizisten von einem Zug überrollt zu werden *[Beweise, daß es böse ist]*.

Bahnhof Santa Lucia und eine seiner Vaporetto-Stationen

Eine Schaffnerin im Intercity aus Turin muss den mit Schüssen aus nächster Nähe niedergestreckten Avvocato Trevisan entdecken und sich zu allem Unglück noch gegen eine Geldbuße wehren, da sie aus gegebenem Anlass die Notbremse gezogen hatte *[Vendetta]*.

Die traurige Aufgabe, die Leiche ihres Sohnes im Ospedale Civile zu identifizieren, hat das Ehepaar Landi bereits hinter sich, als es von Brunetti und Vianello in den Zug zurück nach Verona gesetzt wird *[Feine Freunde]*.

Kurz vor dem Tod der hilfsbereiten Signora Altavilla wird ihre zeitweilige Untermieterin, ein angebliches Opfer häuslicher Gewalt, von der Leiterin der gemeinnützigen Frauenschutzorganisation Alba Libera in aller Eile zum letzten Zug nach Rom gebracht *[Reiches Erbe]*.

Casinò im Palazzo Vendramin-Calergi (B2)

Regelmäßig geht die Polizei im Spielcasino (Cannaregio 2040, Calle Larga Vendramin) aufgrund illegaler Absprachen zwischen Croupiers und Kunden *[Vendetta]* oder krimineller Machenschaften des Managements *[Verschwiegene Kanäle]* ein und aus.

Bodenmosaik in der Nähe des Casinos

Brunetti ist kein Freund des Glücksspiels. Nicht zuletzt wohl deshalb, weil sich der Vater eines Schulfreundes um Kopf, Kragen und seinen Palazzo neben dem von Brunettis Schwiegereltern am Canal Grande gespielt hat *[Das Mädchen seiner Träume]*.

Eben diesen hat er die Einladung zu einer Abendveranstaltung im Casino zu verdanken, durch die er sich mühsam quält. Die drei Millionen Lire, die Paola beim Roulette gewinnt, nimmt er jedoch ohne zu klagen mit nach Hause *[Endstation Venedig]*.

Auf den Treppenstufen zum Ausgang erschießt die „Superliftata" Franca Marinello ihren Peiniger Terrassini vor Brunettis Augen. Dieser hatte – angeblich im Auftrag von Francas Ehemann – den Zahnarzt umgebracht, der für Signora Marinellos verunstaltetes Gesicht verantwortlich war *[Schöner Schein]*.

Eingang zum Spielcasino

Wohnung von Signora Battestini (C1)

Im Norden des Sestiere Cannaregio liegt die unauffällige Calle Tintoretto, in der der Arzt Dott. Carlotti beim Hausbesuch die Leiche seiner unbeliebten, weil boshaften Patientin Maria Grazia Battestini auffindet (Cannaregio 3415, Calle Tintoretto). Der Tod trat aufgrund einer auf ihrem Kopf zertrümmerten Bronzestatue des seligen Padre Pio ein.

Der 83-jährigen Signora gehörte das dreistöckige Gebäude alleine, bewohnt hat sie allerdings lediglich die zweite Etage gemeinsam mit ihrer rumänischen Haushaltshilfe Florinda Ghiorghiu *[Beweise, daß es böse ist]*.

Wohnung von Signora Altavilla (B2)

Gestresst vom Aufenthalt bei ihrer sizilianischen „Jetzt-nicht-mehr-Schwiegerfamilie“ kehrt Anna Maria Giusti ins traute Heim direkt gegenüber der Apsis der Chiesa San Giacomo da l`Orio zurück (Castello 1590, Calle de Mezo, Campo San Giacomo da l`Orio) und muss feststellen, dass diesmal nicht wie gewohnt ihre Post auf dem Treppenabsatz zu ihrer Wohnung im dritten Stock liegt. Normalerweise erledigte das zuverlässig die ältere Signora Altavilla einen Stock unter ihr. Getrieben von einer Mischung aus Neugier und Sorge begibt sich Signora Giusti in deren Wohnung, um zu ihrem Entsetzen Constanza Altavilla leblos am Boden liegend vorzufinden.

Starb sie eines natürlichen Todes oder wurde ihrem schwachen Herzen etwas nachgeholfen? Gegen die üblichen Widerstände von Vice-Questore Patta nimmt Commissario Brunetti die Ermittlungen auf *[Reiches Erbe]*.

In realtà stimmen das im Roman beschriebene Haus und die Hausnummer nicht überein. Das Haus mit der von Donna Leon genannten Nummer 1726 befindet sich nahe dem Fontego dei Turchi etwas weiter nördlich.

Campo San Boldo (B2)

An dem kleinen, idyllischen, durch einen Kanal begrenzten Campo San Boldo lebt und stirbt die 83-jährige Österreicherin Hedi Jacobs in ihrer mit wertvollsten Kunstwerken überfrachteten Wohnung (San Polo 2271, Campo San Boldo). Der Mord an Claudia Leonardo, der Enkelin ihres verstorbenen Geliebten Luca Guzzardi, brach ihr das Herz *[Die dunkle Stunde der Serenissima]*.

Ebenfalls am Campo (wenn nicht gerade wegen Diebstahls oder Einbruchs im Gefängnis) wohnt der Kleinganove Giuseppe Ruffolo mit seiner verwitweten Mutter.

Leider wird Ruffolo in üblere kriminelle Machenschaften verstrickt, für die er mit einem Loch im Kopf teuer bezahlen muss. Dafür wird er von seiner Mutter in bester Mafiamanier gerächt *[Venezianische Scharade]*.

Hedi Jacobs´ Haus am Campo San Boldo

Campiello del Squero (A4)

In einer kleinen Gasse am von Touristen verschonten Campiello del Squero (Dorsoduro 1693, Campiello del Squero) stürzt der Katasterbeamte Franco Rossi von dem Baugerüst eines seit langem unbewohnten Hauses und wird tödlich verletzt. Pikanterweise stattete er nicht lange davor Brunetti einen Besuch ab, um ihn mit seiner illegal gebauten Wohnung zu konfrontieren. Seit diesem Treffen weiß der Commissario, dass Rossi unter extremer Höhenangst litt und dass er freiwillig keinen Fuß auf das Gerüst gesetzt hätte.

Bei dem drogenabhängigen Zechino und seiner Freundin, die sich im gleichen Haus notdürftig ein Obdach eingerichtet haben, liegt der Fall klarer auf der Hand. Sie wurden erschlagen und das HIV-infizierte Mädchen hat noch das Blut des Mörders an ihren Zähnen ... *[Feine Freunde]*

Campiello del Squero, oben das unbewohnte Haus dahinter

Wohnung von Signor da Prè

Wohnung von Signor da Prè (C4)

Es sollte nach einem Unfall aussehen: Der alte Signor da Prè lässt Wasser in die Badewanne, rutscht aus und fällt so unglücklich, dass er an seinen Verletzungen stirbt (Dorsoduro 378, Fondamenta Ospedaleto, s. Vorseite). Doch seine Schwester ist zuvor unter mysteriösen Umständen in einem kirchlichen Pflegeheim verschieden, dem sie fast ihr gesamtes Vermögen vermacht hatte. Signor da Prè ficht das Testament erfolgreich an und stirbt kurz vor der Urteilsverkündung. Wer kann es da Brunetti verdenken, dass er nicht an einen natürlichen Tod glaubt *[Sanft entschlafen]*?

Campo Santo Stefano (B/C3/4)

Ein gewohntes Bild auf den Plätzen der Stadt bieten die sogenannten Vucumpras: illegale, halb geduldete schwarzafrikanische Straßenhändler, die Handtaschen, Gürtel und

Papeterie am Campo Santo Stefano

Campo Santo Stefano

anderen Tand von zweifelhaftem Wert feilbieten. Am Campo Santo Stefano wird einer von ihnen am helllichten Tag kaltblütig vor den entsetzten Augen einer amerikanischen Touristengruppe erschossen *[Blutige Steine]*.

Unter Ausschluss der Öffentlichkeit, aber nicht weniger blutig, wird das Leben des dubiosen Bankdirektors Ravanello in seiner bei einer Papeterie gelegenen Wohnung am Campo beendet (San Marco 3471, Campo Santo Stefano) *[Venezianische Scharade]*.

Auf die angenehmeren Seiten des Platzes, die Gelateria Paolin und das Le Café, wurde bereits in Kapitel 2 eingegangen.

Palazzo Volpi

Palazzo Benzon

Palazzo Volpi und Palazzo Benzon (C3)

Der Notruf eines Vaporetto-Fahrgastes treibt Brunetti und Vianello bei starkem Regen auf die Polizeibarkasse. Ein aufmerksamer Zeuge hat eine Leiche auf Höhe des Palazzo Volpi (s. Vorseite) im Canal Grande gesichtet. Bootsführer Foa entdeckt als erster das Bündel, das mittlerweile zum Palazzo Benzon geschwemmt wurde (San Marco 3947, Calle del Tragheto und 3927, Calle Benzon). Von dessen Ufertreppe aus bergen die beiden Beamten die Leiche, die sich später zu ihrem Entsetzen als elfjähriges rumänisches Mädchen herausstellt, das niemand als vermisst gemeldet hat *[Das Mädchen seiner Träume]*.

Teatro La Fenice (C3)

Der letzte Akt der Oper La Traviata im weltberühmten Teatro La Fenice (San Marco 1977, Campo San Fantin) wird eingeläutet, doch der deutsche Stardirigent Helmut Wellauer erscheint nicht auf der Bühne, sondern liegt tot in seiner Garderobe. Ein Ersatzdirigent bringt die Aufführung zu ihrem Ende, während backstage Commissario Brunetti mit den ersten Ermittlungen beginnt *[Venezianisches Finale]*.

Teatro La Fenice, Schild über dem Haupteingang

Wird gerade keine Oper gegeben, kann es sein, dass Signora Trevisan eines ihrer berüchtigten Galakonzerte dort veranstaltet *[Vendetta]*.

Dogenpalast (D3)

Seine Putzfrau findet den renommierten Museumsdirektor des weltberühmten Dogenpalastes, Dottor Semenzato, blutüberströmt in seinem Büro (San Marco 1, Piazetta di San Marco). Brunetti versucht die teilweise mafiösen Strukturen des Kunst- und Antiquitätenhandels zu entwirren, während er gleichzeitig mit „Acqua alta" kämpft und sich nur mit hohen Gummistiefeln oder auf sporadisch aufgebauten Stegen seinen Weg durch die Lagunenstadt bahnen kann *[Acqua alta]*.

Dogenpalast bei „Acqua alta"

Dogenpalast am Markusplatz

Ospedale Civile (D2)

Die prachtvolle Renaissancefassade des ehemaligen Dominikanerklosters (s. umseitig) lässt nicht vermuten, dass sich hinter den Mauern das städtische Krankenhaus (Castello, Campo dei Santi Giovanni e Paolo) befindet, welches bei den Venezianern einen zweifelhaften Ruf genießt. So „kaufte" Signora Petrelli mittels sogenannter Bustarelle, kleiner Geldumschläge, eine adäquate Pflege für ihre schwer verletzte Freundin Brett Lynch *[Acqua alta]*. Ansonsten kann es passieren, dass man auf das Gutdünken seiner Familie angewiesen ist, wie eine Patientin von Signorina Elettras Schwester Barbara, die zwei Tage lang nichts zu essen bekam *[Nobiltà]*.

Lediglich der von Carabinieri krankenhausreif geschlagene Dottor Pedrolli, stellvertretender Leiter der Pädiatrie, erfährt eine bevorzugte Behandlung durch die Mitarbeiter des Ospedale *[Lasset die Kinder zu mir kommen]*.

Ospedale Civile

Dennoch finden sich fast alle Verbrechensopfer, ob tot oder lebendig, in diesem Krankenhaus wieder und dürfen zumindest auf die geschätzte Aufmerksamkeit unseres Commissario hoffen.

Durch eine List gelingt es Brunetti, dass sich der verletzte Mörder Conte Dolfin in die Notaufnahme begibt, wo der Commissario ihn bequem verhaften kann *[Feine Freunde]*.

Ein dringender Hilferuf aus dem Labor des Ospedale lässt den Commissario mit Blaulicht ins Krankenhaus rasen. Dort spielen sich dramatische Szenen ab, doch leider kann das Leben der Laborantin Signora Montini nicht mehr gerettet werden *[Auf Treu und Glauben]*. Besser ergeht es Maria Sartori und ihrem Lebensgefährten Benito Morandi, die sich nach ihrem entbehrungsreichen Leben als Hilfsschwester und Reinigungskraft trotz der kläglichen Rente eine Luxuswohnung bzw. ein privates Pflegeheim leisten können *[Reiches Erbe]*.

Neu im Ospedale befindet sich das bislang auf der Isola San Michele angesiedelte pathologische Institut mit dem Chefpathologen Dottor Rizzardi *[Auf Treu und Glauben; Reiches Erbe]*. *In realtà* gibt es weder auf San Michele noch im Ospedale Civile ein pathologisches Institut.

Ospedale Civile, seeseitige Notaufnahme

Blick am Seiteneingang des Ospedale Civile vorbei zur Isola San Michele

Haus von Bianca Pianaro

Freitreppe am Campo Santi Giovanni e Paolo (D2)

Bianca Pianaros morgendliches Ritual, mit einer Kaffeetasse am Küchenfenster von der vierten Etage aus das mächtige Reiterstandbild des Condottiere Colleoni auf dem Campo Santi Giovanni e Paolo zu betrachten, wird jäh unterbrochen (Castello, Campo dei Santi Giovanni e Paolo). An der Freitreppe unterhalb ihres Hauses mit den dunkelgrünen Fensterläden entdeckt sie als Erste eine im Wasser treibende Leiche, einen amerikanischen Soldaten, der den Tod durch einen perfekt ausgeführten Stich ins Herz fand *[Endstation Venedig]*.

Sozialsiedlungen und Vaporetto-Station Celestia

Celestia (E2/3)

Über einen Freund bestellt der Brunetti bestens bekannte neapolitanische Kleinkriminelle Ruffolo den Commissario um Mitternacht an den schmalen Strandabschnitt in der Nähe der abgelegenen Vaporetto-Anlegestelle Celestia (Castello, Fondamenta de la Casa Nova, Anleger Celestia). Die Welt des großen Verbrechens ist ihm über den Kopf gewachsen und er wollte sich dem Commissario anvertrauen. Doch kommt die Reue zu spät, denn Brunetti trifft am Strand nur noch Ruffolos Leiche an *[Endstation Venedig]*.

Vermüllter „Strand"-Abschnitt bei der Anlegestelle Celestia

Chiesa San Martino (oben) und Istituto di Studi Militari Marittimi (unten)

Militärakademie San Martino (E3)

Über das Bacino di San Marco lässt sich der Commissario nach Giudecca schippern, um das erste Mal nach zehn Jahren seinen Fuß wieder in die Militärakademie San Martino zu setzen (Castello 2409, Fondamenta de Fazza l'Arsenal). Brunettis kritische Vorbehalte dem Militär gegenüber werden durch die Ermittlungen in einem als Suizid getarnten Mordfall nur verstärkt. Das Opfer, der 17-jährige Politikersohn Ernesto Moro, war so alt wie sein Sohn Raffi *[Verschwiegene Kanäle]*.

Scuola Navale Militare Francesco Morosini

In realtà gibt es auf Giudecca keine Militärakademie. Am südlichen Ende von Castello befindet sich eine solche, die „Scuola Navale Militare Francesco Morosini". Nahe der Kirche San Martino beim Arsenale liegt das „Istituto di Studi Militari Marittimi".

Kanzlei von Signora Marieschi (E4)

Tierschützer lesen sicherlich nicht gerne, dass in der Kanzlei der Rechtsanwältin Roberta Marieschi in der Via Garibaldi (Castello 1642, Via Garibaldi) die unschuldige Hündin Poppi von der skrupellosen Nichte der getöteten Signora Battestini vergiftet wird und qualvoll verendet *[Beweise, daß es böse ist]*.

Haus mit der Kanzlei von Signora Marieschi

Kapitel 4: Heilige Mutter Kirche

Er bezeichnet sich selbst als nicht gläubig, dennoch besichtigt Brunetti gerne der Kunstschätze wegen die Kirchen seiner Stadt.

Zur Chiesa San Giacomo da l´Orio (s. Vorseite) haben Einheimische eigentlich kostenlosen Zutritt, allerdings nur unter Vorlage ihres Personalausweises. In Ermangelung dessen zeigt der Commissario seinen Polizeiausweis, den die strenge Kontrolleurin, eine Studentin aus Paolas Lehrstuhl, jedoch nicht akzeptiert, so dass er schließlich wie die Touristen auch 2,50 Euro Eintrittsgeld bezahlen muss.

Die Kreuzigung von Tintoretto und die Kreuzwegstationen in der Chiesa San Cassiano darf er sich dagegen umsonst ansehen [Das Mädchen seiner Träume].

Tintoretto, Die Kreuzigung

Chiesa Madonna de l`Orto (C1)

Rund 50 Trauergäste versammeln sich im kühlen Inneren der Chiesa Madonna de l`Orto (Cannaregio, Campo de la Madonna de l`Orto), um sich von dem so gewaltsam aus dem Leben gerissenen Gerichtsdiener Fontana zu verabschieden. Zu seinem letzten Geleit fehlt leider das traditionelle Läuten der Glocken, der Gemeindepfarrer findet in der Sommerzeit niemanden, der die maroden Klangkörper repariert.

In der Stille des Gedenkens verliert sich der Commissario in Betrachtungen über die Trauergäste und kommt dadurch der Aufklärung des mysteriösen Mordfalls ein ganzes Stück näher *[Auf Treu und Glauben]*.

Chiesa Santa Maria dei Miracoli mit Kloster (D2)

Die kleine, bunt verzierte Renaissancekirche Santa Maria dei Miracoli (Cannaregio, Campo dei Miracoli) dient dem Kinderarzt Dottor Pedrolli und seiner Angetrauten Bianca Marcolini als Hochzeitskirche. Sie geraten in Brunettis Visier, weil ihnen eines Nachts ihr illegal adoptierter Sohn unsanft von den Carabinieri entrissen wird *[Lasset die Kinder zu mir kommen]*.

Die Chiesa dei Miracoli mit ihrer Marmorfassade

Das unscheinbare Kloster neben der Chiesa dei Miracoli

In dem gegenüberliegenden Dominikanerkloster versteckte eine Äbtissin, die Tante des Antiquitätenhändlers Lele Bortoluzzi, während des Zweiten Weltkrieges wertvolle Gemälde und eine Büchersammlung für den Vater von Brunettis Schwiegervater Conte Falier *[Die dunkle Stunde der Serenissima]*.

Chiesa San Polo (B3)

Den Kirchturm von San Polo (San Polo, Campo San Polo) können die Brunettis von ihrer Wohnung aus sehen, und das tägliche Glockengeläut ist für die Familie unüberhörbar. Gemeindepfarrer dieser mächtigen Backsteinkirche ist Don Luciano, seine Wohnung ist seitlich in das Gotteshaus integriert. Als Religionslehrer von Brunettis 14-jähriger Tochter

Chiara macht er sich durch anzügliche Bemerkungen und unsittliche Berührungen bei den Schülerinnen unbeliebt, bis Familie Brunetti den Kampf gegen ihn aufnimmt *[Sanft entschlafen]*.

An der Trauerfeier für die so unglücklich aus dem Leben geschiedene Laborantin des Ospedale Civile nehmen außer dem Commissario, Ispettore Vianello und dem Chefpathologen Dottor Rizzardi nur noch einige wenige Kollegen aus der Klinik teil *[Auf Treu und Glauben]*.

Chiesa dei Gesuati (B4)

Die prachtvolle, am Canale della Giudecca gelegene Chiesa dei Gesuati (Dorsoduro, Fondamenta Zattere ai Gesuati) bietet einen würdigen Rahmen anlässlich der Trauerfeier für die junge Polizistin Maria Nardi. In Mestre war Brunettis frisch verheiratete Kollegin mit ihm und Vianello in einen Hinterhalt gelockt und absichtlich von einem Auto gerammt worden. Sie starb noch an der Unfallstelle *[Venezianische Scharade]*.

Chiesa di
S. Maria del Rosario
(vulgo Gesuati)
Eretta nel sec. XVIII su progetto di G. Massari
Opere di J. Tintoretto, G.B. Tiepolo, S. Ricci
G.B. Piazzetta, G.M. Morlaiter, G. Torretti

Chiesa San Salvador (C3)

Zwei Jahre war seine Leiche unentdeckt geblieben, bis ein Gartenarbeiter sie zufällig auf einem alten Anwesen in den Dolomiten fand: Roberto, der jüngste Spross der adeligen Lorenzonis, fiel skrupellosen Geschäften mit radioaktivem Material zum Opfer. Offiziell war er entführt worden.

Tizians „Verkündigung" in der Chiesa San Salvador

In der Chiesa San Salvador (San Marco, Campo San Salvador) geben ihm seine Familie und deren Freunde das letzte Geleit, zu Brunettis Unmut flankiert von unzähligen Touristen auf der Suche nach Tizians „Verkündigung" oder dem Grabmal von Caterina Corner *[Nobiltà]*.

Fassadenausschnitte der Chiesa Santa Maria del Giglio

Chiesa Santa Maria del Giglio (C4)

Der wohlsituierte ehemalige Stadtrat, zweifache Familienvater und erfolgreiche Rechtsanwalt Carlo Trevisan besuchte einmal wöchentlich die Messe in Santa Maria del Giglio, schräg gegenüber vom Luxushotel Gritti (San Marco, Campo Zobenigo). Nach seinem Tod in einem Bahnabteil bröckelt nach und nach seine bürgerliche Fassade *[Vendetta]*.

Chiesa San Moisè (C4)

In dieser Kirche (San Marco, Campo San Moisè) findet die Beerdigungsfeier für den Dirigenten Helmut Wellauer statt, der während einer Aufführung im Opernhaus La Fenice zu Tode kam *[Venezianisches Finale]*.

Der Platz vor der Kirche besticht durch die architektonischen Gegensätze der strahlenden Barockfassade von San Moisè und dem nüchtern-pragmatischen Betonbau des Hotels Bauer (s. S. 127), ein weiteres der von Brunetti auserkorenen drei scheußlichsten Bauwerke Venedigs.

Chiesa San Moisè (die Laufstege davor sind für das nächste Hochwasser bereitgestellt)

Chiesa San Giovanni in Bragora (E3)

Am Campo Bandiera e Moro steht die Chiesa San Giovanni in Bragora, in der bereits Vivaldi am 6. Mai 1678 getauft wurde (Castello, Campo Bandiera e Moro).

Ein früherer Pfarrer der Gemeinde war offenbar sehr freizügig im Umgang mit ihren Kunstwerken, deren Anzahl sich während seiner Amtszeit deutlich verringert hatte.

Der hochbetagte Filipetto, der Patriarch einer gefürchteten Notar-Dynastie, wird dort, direkt neben seinem Wohnhaus, in der Grablege bestattet *[Die dunkle Stunde der Serenissima]*.

Kreuzgang des Ordens bei der Chiesa San Pietro di Castello

Orden neben der Chiesa San Pietro di Castello (F3)

Abgeschieden auf der kleinen, durch zwei Brücken mit dem Sestiere Castello verbundenen Isola di San Pietro liegt die gleichnamige Kirche mit dem ihr angeschlossenen Orden (Castello, Isola di San Pietro). Brunetti plaudert dort, betört vom frischen Fliederduft aus dem Klostergarten, mit Padre Pio Cavaletti, dem Beichtvater der ehemaligen Schwester Immacolata *[Sanft entschlafen]*.

In realtà ist das Kloster mittlerweile profanisiert.

Kapitel 5: Wohnen und Arbeiten

Gerne sinniert Commissario Brunetti über die Schönheit seiner Stadt, die architektonischen Glanzstücke, die wie an einer Perlenschnur aufgereiht am Canal Grande liegen, und über die Schlichtheit seines Lieblingsviertels Castello, in dem noch das ursprüngliche Venedig lebendig ist.

Umso mehr hadert er mit dem Ausverkauf seiner geliebten Serenissima an Touristen und reiche Ausländer, was überteuerte Mieten, die sich die Einheimischen nicht mehr leisten können, Kaufhausketten, die die kleinen Läden verdrängen, und anderes Ungemach nach sich zieht.

Auch vor baulichen Schandtaten schreckt der heutige Venezianer zu Brunettis Leidwesen nicht zurück, wobei dem Commissario explizit der Bahnhof, die Banca Cattolica und das Hotel Bauer Grünwald aufstoßen [Sanft entschlafen].

In realtà *heißt die Banca Cattolica Cassa di Risparmio und das Hotel Bauer Grünwald mittlerweile nur noch Bauer.*

Fassade und Vorplatz des Bahnhofs Santa Lucia

Die Cassa di Risparmio am Campo Manin

Hotel Bauer
HOTEL
BAUER

Ponte Chiodo

AZIENDA ULSS 12 VENEZIANA
PALAZZO BOLDÙ CANNAREGIO 6000
Centro
Salute Mentale
CAMPIELLO
S. MARIA NOVA

Zeitungskiosk an der Grundschule Giacinto Gallina (D2)

Hilflos im Gassengewirr beim Campo Santi Giovanni e Paolo wendet sich Brunetti an die weißhaarige Signora Maria, die seit Jahr und Tag in ihrem Kiosk sitzt und sich wie keine andere im Viertel auskennt (Cannaregio, Calle Larga Giacinto Gallina). Auf Anhieb kann sie Brunetti den Weg zu Brett Lynch und Flavia Petrelli weisen und verschließt sich auch nicht der Zusammenarbeit mit der Polizei, zumal sie der Commissario mit einem Caffè corretto aus der nahe gelegenen Bar verwöhnt *[Venezianisches Finale; Acqua alta]*.

Der massive Gebäudekomplex, an dessen Ecke sich der Kiosk anschmiegt, beherbergt die Grundschule Giacinto Gallina, in der weiland Claudio Niccolini, der Sohn der verstorbenen Signora Altavilla, unterrichtet wurde *[Reiches Erbe]*.

Kiosk von Signora Maria mit Grundschule Giacinto Gallina und Bar

Der unscheinbare Eingang zur Wohnung von Brett Lynch und Flavia Petrelli

Wohnung von Brett Lynch und Flavia Petrelli (D2)

Die schäbige Eingangstür in der schlauchartigen Calle de la Testa lässt nicht erahnen, dass sich im vierten Stock ein helles geräumiges Wohnstudio befindet, in dem die Opernsängerin Flavia Petrelli mit ihrer Lebensgefährtin Brett Lynch lebt (Cannaregio 6134, Calle de la Testa). Als Mitwirkende im Ensemble des verstorbenen Dirigenten Wellauer war auch sie von seinem Hass auf Homosexuelle betroffen *[Venezianisches Finale]*.

Nicht mehr sicher in ihrer Wohnung kann sich die Archäologin Brett Lynch fühlen, die dort brutal zusammengeschlagen wird. Kaum dem Ospedale Civile entronnen, wird Brett aus eben dieser Wohnung in den Palazzo des irren Kunstsammlers La Capra entführt *[Acqua alta]*.

Wohnung von Don Alvise (B2)

Bei eisiger Kälte lassen sich Brunetti und Vianello mit dem Boot nach San Zan Degolà bringen, um dem ehemaligen Priester Don Alvise in dessen Wohnung einen Besuch abzustatten (Santa Croce 1721, Fontego dei Turchi).

Die beiden erhoffen sich von dem im Asylbereich engagierten alten Herrn Informationen über die illegal

Portone zur Wohnung von Don Alvise

in der Stadt lebenden schwarzafrikanischen Straßenhändler, von denen einer einem tödlichen Verbrechen zum Opfer fiel *[Blutige Steine]*.

Wohnung von Salima (B3)

Die Schwarzafrikanerin Salima, Putzfrau der verstorbenen Signora Jacobs, lebt in einer engen Gasse beim Campo San Stin in einer winzigen Wohnung (San Polo 2364, Calle Zane).

Ohne es zu wissen verwahrt sie das Erbe von Signora Jacobs – Urkunden über Kunstschätze in Millionenhöhe. Ihrer Putzfrau hat die Signora eine Originalskizze von Tizian vermacht, die so viel wert sein dürfte, dass Salima wohl nie mehr putzen gehen muss *[Die dunkle Stunde der Serenissima]*.

Vor der Wohnung von Salima (zweite Tür links)

Palazzo Soranzo mit der Kanzlei von Avvocato Zambino

Kanzlei von Avvocato Zambino (B/C3)

In dem gediegenen Palazzo Soranzo am Campo San Polo residiert Avvocato Zambino, der Anwalt des erdrosselten Reisebürobesitzers Mitri (San Polo 2170, Palazzo Soranzo, Campo San Polo, s. Vorderseite). Sehr skeptisch ob dessen angeblich weißer Weste darf Brunetti im Laufe seiner Untersuchungen feststellen, dass es tatsächlich unbescholtene Anwälte mit einem hohen moralischen Anspruch in Venedig gibt *[In Sachen Signora Brunetti]*.

Am Anfang der schmalen Calle Passion

Wohnung von Signor Geroni (B3)

Von ihrer Bank, auf der sie einen hohen Geldbetrag abgehoben hat, bis zur Haustür in der Calle Passion (San Polo 2989, Calle Passion) verfolgen Brunetti und seine Kollegen heimlich die alte Tante von Ispettore Vianello. Deren Familie ist besorgt über den Verbleib des Vermögens ihrer (Erb-)Tante, zumal diese sich sehr intensiv mit Horoskopen und Wahrsagungen auseinandersetzt.

Recherchen über den zweifelhaften Bewohner des Hauses, Stefano Geroni, tragen nicht wirklich zur Beruhigung der Verwandschaft bei *[Auf Treu und Glauben]*.

Maklerbüro am Campo San Tomà (B3)

Augenscheinlich vertieft in ein absurd teures Immobilienangebot in Santa Croce verwendet Brunetti die Schaufensterscheibe des Maklerbüros (San Polo 2863, Campo San Tomà) als Spiegel zur weiteren Observierung von Vianellos Tante. Der nachlässige Umgang mit ihrer Handtasche verrät dem Commissario, dass die Tante bei ihrem Besuch in der angrenzenden Calle Passion ihr zuvor abgehobenes Geld „an den Mann gebracht“ hat *[Auf Treu und Glauben]*.

Tribunale (C2/3)

Kurz vor seinem geplanten Urlaub erfährt Guido Brunetti von unlauteren Machenschaften einer Richterin innerhalb des Justizministeriums. Als dann noch ihr Gerichtsdiener

Fontana ermordet aufgefunden wird, schickt der Commissario seine Familie alleine in die Berge und stattet gemeinsam mit Ispettore Vianello dem hohen Haus (San Polo 119, Campo San Giacometto) einen Besuch ab.

Trotz des prachtvollen Blicks von der zweiten Etage auf den Canal Grande beschließen die beiden, die Befragung eines mit dem Opfer befreundeten Anwalts in der nahegelegenen Bar Do Mori abzuhalten *[Auf Treu und Glauben]*.

Kriminalgericht

FONDAMENTA
DE LA PRESON

Kriminalgericht, bei Hochwasser Zugang über Laufstege

Kriminalgericht (C3)

Das Corte dei Conti liegt an einer der tiefsten Stellen Venedigs direkt unterhalb der Rialtobrücke am Markt und wird regelmäßig vom „Acqua alta" heimgesucht.

Glücklicherweise trockenen Fußes begibt sich Commissario Brunetti in das schwerbewachte Kriminalgericht (San Polo 1, Ruga dei Oresi), um dem von Krankheit und Trauer gezeichneten Vorsitzenden Richter Beniamin einige Fragen zum Tod Trevisans zu stellen. Beniamins Sohn Roberto war kurz zuvor an einer Überdosis Drogen gestorben *[Vendetta]*.

Wohnung von Luciana Vespa (B4)

Die Wohnung seiner Freundin Luciana Vespa, in der sich der Mörder Malfatti drei Tage lang versteckt hält, liegt idyllisch am Kanal beim Campo San Barnaba, direkt vor dem schwimmenden Obst- und Gemüseladen (Dorsoduro 2838, Fondamenta Gherardini).

Trotz eines Großeinsatzes von Brunetti, Vianello und drei bewaffneten Polizisten kann Malfatti unbehelligt aus der Wohnung entkommen. Doch seine Freiheit währt nicht lange ... *[Venezianische Scharade]*

Das schmale, graue Haus mit der Wohnung von Malfattis Freundin Luciana Vespa beim schwimmenden Obst- und Gemüseladen

Galerie von Signor Turchetti (B4)

In seiner in Bestlage zwischen der Accademia und dem Guggenheim-Museum an einem Kanal gelegenen Galerie sieht sich der Kunsthändler Nicola Turchetti unangenehmen Fragen durch den Commissario ausgesetzt (Dorsoduro 862, Piscina del Forner).

Turchetti kauft regelmäßig seinem Kunden Benito Morandi aus dessen „reichem Erbe“ wertvolle Gemälde zu Spottpreisen ab. Morandi finanziert aus dem Erlös das teure Pflegeheim seiner Lebensgefährtin Signora Sartori am Campo Bandiera e Moro *[Reiches Erbe]*.

Die Chiesa Santa Maria della Salute in unmittelbarer Nachbarschaft zu Signor Moro *(s. S. 146)*

Haus von Signor Moro (C4)

Dottor Fernando Moro, der Vater des in der Kadettenschule San Martino erhängten 17-jährigen Ernesto Moro, wohnt nahe der Chiesa Santa Salute in Dorsoduro (Dorsoduro 112, Fondamenta de la Salute). Der äußerst integre Politiker legte zwei Jahre zuvor plötzlich ohne Angabe von Gründen alle seine Ämter nieder. Im Zuge der Ermittlungen muss er zugeben, dass seine gesamte Familie Opfer eines perfiden Politkrimis ist *[Verschwiegene Kanäle]*.

Juwelier in der Calle XXII Marzo (C4)

In der Calle XXII Marzo betreibt Alesandro Cuzzoni einen von Signorina Elettra wegen seiner Fabrikware verschmähten Juwelierladen (San Marco 2031, Calle larga XXII Marzo).

Der Commissario interessiert sich für Signor Cuzzoni in dessen Eigenschaft als Vermieter schäbiger Unterkünfte an schwarzafrikanische Straßenhändler *[Blutige Steine]*.

Schmuckwerkstatt am Campo San Maurizio (C4)

Gedanklich gefangen von seinem aktuellen Fall in der Militärakademie hat der Commissario leider keinen Blick für die künstlerischen Schmuckkreationen in der

Werkstatt einer Freundin am noblen Campo San Maurizio (San Marco 2668A, Campo San Maurizio). So bleibt es beim flüchtigen Austausch von Höflichkeiten und dem Versprechen, sich bald einmal zum Essen zu besuchen *[Verschwiegene Kanäle]*.

Konservatorium (B/C4)

Versteckt auf einem kleinen Seitenplatz des Campo Santo Stefano nimmt die schmutzigweiße Fassade des mehrstöckigen Konservatoriums mit dem von Herkulesstatuen bewachten Eingangstor komplett eine Längsseite des Platzes ein (San Marco 2809, Campo Pisani, s. umseitig).

Dort erfährt Brunetti von dem Professor und renommierten Musikkritiker Rezzonico aufschlussreiche Details über Dirigent Wellauers letzten Auftritt im Teatro La Fenice, die nur ein profunder Kenner der Materie wahrnehmen kann *[Venezianisches Finale]*.

Konservatorium

Optiker in der Calle de la Mandola (C3)

Unwissentlich liefert der Optiker Carraro (San Marco 3706, Calle de la Mandola) Regina Ceroni, die Mörderin der im internationalen Prostitutionshandel bis dato tätigen Herren Trevisan, Favero und Lotto an die Polizei aus. Sie hatte bei ihm eine teure Brille gekauft, woran sich der Optiker zu ihrem Unglück noch erinnern konnte *[Vendetta]*.

Apotheke nahe dem Campo San Luca (C3)

In einer der Gassen, die zum Campo San Luca führen, liegt die Apotheke von Danilo, einem Freund Brunettis (San Marco 4598, Calle del Forno). Er hört im Laufe eines Geschäftstages so allerhand Klatsch und Tratsch und kann deshalb seinem Freund im Hinterzimmer der Apotheke schockierende Informationen über das stadtbekannte Wuchererpaar Volpato preisgeben *[Feine Freunde]*. Einige Zeit zuvor war der mittlerweile verstorbene Sohn des Vorsitzenden Richters Beniamin in Danilos Apotheke eingebrochen, um sich mit Morphium zu versorgen. Die Angelegenheit wurde diskret geregelt und der Sohn in einer Züricher Privatklinik untergebracht *[Vendetta]*.

Blumenladen Fantin (C3)

Als neu eingestellte Sekretärin sorgt Signorina Elettra für frischen Wind und frische Blumen in der Questura.

Ausgerechnet von Venedigs teuerstem Blumenladen, Fantin (San Marco 4805, Campo San Salvador), lässt sie montags und donnerstags ihr Büro beliefern, was sie über das Spesenkonto von Vice-Questore Patta abrechnet *[Venezianische Scharade]*. Vielleicht aus Kostengründen vergibt sie den Dauerauftrag später an das Biancat und beschränkt ihn auf einmal pro Woche *[Verschwiegene Kanäle]*.

Biblioteca Marciana (links), Campanile und Dogenpalast

Biblioteca Marciana (D3/4)

Gegenüber vom Dogenpalast steht das kaum minder prachtvolle Gebäude der Biblioteca Marciana (San Marco 7, Piazetta di San Marco), das sich zu Brunettis Freude unter anderem durch einen Mangel an Touristen auszeichnet. Die Stille des ehrwürdigen Raumes genießend nimmt sich der Commissario einen Nachmittag lang Zeit, um über die Struktur und die Machenschaften des Ordens Opera Pia zu recherchieren. Dabei muss er entdecken, dass eifrige Mitglieder des Ordens ihnen unliebsame Artikel, zum Beispiel über Abtreibung, aus Zeitschriften herausgeschnitten haben *[Sanft entschlafen]*.

Schild am Eingang des Ufficio Anagrafe

Rathaus im Palazzo Loredan (C3)

Das am Canal Grande thronende Rathaus im Palazzo Loredan (San Marco 4137, Riva del Carbon) markiert den imposanten Beginn der unscheinbaren Calle Loredan, in der städische Büros untergebracht sind.

Einer kleinen Demonstration vor dem Eingang seines Amtssitzes geht der amtierende Bürgermeister aus dem Weg, indem er, unbemerkt von den protestierenden Arbeitern, den Seiteneingang benutzt *[Auf Treu und Glauben]*.

Rathaus

Brunettis Versuch, im Ufficio Anagrafe (San Marco 4142, Calle Loredan) - dem Standesamt - Informationen über eine illegale Adoption zu erhalten, wird im Keim erstickt, da sich die Angestellten im Streik befinden *[Lasset die Kinder zu mir kommen]*.

Mehr Glück hat er bei seinem Besuch im Ufficio di Pubblica Istruzione – der Schulbehörde –, wo er dem Gedächtnis des Direktors Dottor Mauro Rossi bezüglich seines ehemaligen Mitarbeiters Paolo Battestini auf die Sprünge hilft *[Beweise, daß es böse ist]*.

Hauptpostamt im Fontego dei Tedeschi (C3)

Unterhalb der Rialtobrücke mit einem Bootszugang zum Canal Grande befindet sich das klobige, äußerlich ziemlich heruntergekommene Fontego dei Tedeschi, in dem heute das Hauptpostamt untergebracht ist (San Marco 5554, Salizada del Fontego dei Tedeschi). Im imposanten, hallenartigen Atrium übersieht man fast die winzig anmutenden Postschalter und die Büros in den oberen Galerien.

Das Atrium des Hauptpostamts im Fontego dei Tedeschi

Commissario Brunetti befragt hier zwei Briefträger, die die Post für die ermordete Signora Battestini und ihren schon länger verstorbenen Sohn ausgetragen haben. Dabei erfährt er pikante Details aus deren Privatleben und äußert Verständnis für die Postbotin, die die Knabenpornohefte immer in den Müll geworfen hat, anstatt sie dem Sohn ordnungsgemäß zuzustellen *[Beweise, daß es böse ist]*.

Kaufhaus Coin (C3)

Gleich in der Nähe des Campo San Bartolomeo arbeitet Maria Teresa Bonamini als Verkäuferin in der Damenabteilung im prächtigen Palazzo des Warenhauses Coin (Cannaregio 5787, Salizada San G. Grisostomo). Die Tochter eines Freundes von Brunetti kam dort vor zehn Jahren aufgrund eines Brandes ums Leben.

Weihnachtliche Fassade des Kaufhauses Coin

In der zweiten Etage, zwischen Fuchsschwänzen und Nerzjacken, befragt er Signorina Bonamini zu ihrem ehemaligen Freund Maurizio Lorenzoni, der ihr weiland versehentlich die Hand gebrochen hatte. Weniger dieser Unfall als Maurizios Verhältnis zu seinem toten Vetter Roberto interessiert den Commissario, doch die junge Frau kann ihm nicht weiterhelfen *[Nobiltà]*.

Blick von der Brücke der Calle Bressna (D3)

Auf der Brücke am Ende der dunklen Calle Bressana (Castello, Calle Bressana, s. umseitig), die direkt zur Bar Rosa Salva am Campo Santi Giovanni e Paolo führt, halten bei idyllischer Aussicht Commissario Brunetti, Ispettore Vianello und Marvilli, der Hauptmann der Carabinieri, zur frühen Stunde eine Dienstbesprechung ab, bevor sie diese in der Bar an der Brücke fortsetzen *[Lasset die Kinder zu mir kommen]*.

Blick von der Brücke der Calle Bressana

Pflegeheim an der Barbaria de le Tole (D3)

Bevor sie in das private Pflegeheim am Campo Bandiera e Moro wechselte, arbeitete die verstorbene Signora Altavilla ehrenamtlich in der städtischen Casa di Cura (Castello 6691, Barbaria de le Tole). Sie nutzte die Nähe zum Campo Santi Giovanni e Paolo, um die alten Herrschaften bei gutem Wetter auf den Platz zu bringen, wo sie noch ein bisschen am gemeinschaftlichen Leben teilnehmen konnten.

Auch die an Alzheimer erkrankte und mittlerweile verstorbene Mutter von Commissario Brunetti war für einige Monate in diesem Pflegeheim untergebracht worden *[Reiches Erbe]*.

Palazzo Querini Stampalia (D3)

Der Palazzo Querini Stampalia am Campo Santa Maria Formosa (Castello, Campiello Querini) beherbergt eine Gemäldegalerie, die Brunetti nach frühem Dienstschluss besucht. Gerne vergleicht er die Portraits mit Personen aus seinem realen Umfeld, so erkennt er im Bild des Gerolamo Querini seinen Kollegen Vianello wieder.

Die Darbringung Jesu im Tempel von Giovanni Bellini deprimiert ihn hingegen, da das gewindelte hilflose Jesuskind ihn an seinen aktuellen Fall erinnert *[Lasset die Kinder zu mir kommen]*.

Haus mit der Wohnung von Signor Rossi
(links dahinter die Film-Questura)

Wohnung von Signor Rossi (E3)

Der bedauernswerte Katasterbeamte Franco Rossi wohnte bis zu seinem gewaltsamen Ableben im Schatten der den einsamen Campo beherrschenden Chiesa San Francesco de la Vigna (Castello 2787, Campo San Francesco de la Vigna). In dem einzigen Wohngebäude am Platz trifft Brunetti auf Rossis Nachbarn Marco Caberlotto, dem er in Ermangelung anderer Angehöriger die Todesnachricht überbringt *[Feine Freunde]*.

In realtà befindet sich wirklich eine Wohnpartei Rossi in besagtem Gebäude, eine Verwandtschaft mit unserem Beamten ist allerdings auszuschließen (Von diesbezüglichen Nachfragen bei Rossis bitten wir dringend abzusehen ...).

Hinweisschild in der Nähe der Carabinieri-Station

Carabinieri-Station am Campo San Zaccaria (D3)

Von der Zentrale der Carabinieri in der schmalen Seitengasse der Riva degli Schiavoni (Castello 4693, Campo San Zaccaria) ergeht der unheilvolle Einsatzbefehl, ein illegal adoptiertes Baby aus der Wohnung des Ehepaares Pedrolli an sich zu nehmen. Fünf maskierte, bewaffnete Polizisten führen diesen Auftrag aus, stürmen die Wohnung, verletzen Dottor Pedrolli schwer, versetzen dessen Frau in Todesangst und bringen den kleinen, schreienden Alfredo in ihre Gewalt.

Der schlechte Ruf, den die Carabinieri bei den Venezianern und in der Questura genießen, wird durch diese Aktion nicht unbedingt geschmälert *[Lasset die Kinder zu mir kommen]*.

Carabinieri-Station am Campo San Zaccaria

Wohnung von Malfatti (E3)

Die Wohnung von Pietro Malfatti, dem kriminellen Handlanger des korrupten Advokaten Santomauro und von Bankdirektor Ravanello, liegt versteckt in einem heruntergekommenen Haus (Castello 2316, Calle de la Pegola).

Malfattis Karriere bei den Anwälten der so genannten Lega della Moralità begann als Mieteintreiber und endet als dreifacher Mörder (unter anderem von Brunettis Kollegin Maria Nardi) im venezianischen Strafvollzug *[Venezianische Scharade]*.

Privates Pflegeheim am Campo Bandiera e Moro (E3)

Stolze 2400 Euro pro Monat kostet das von Nonnen geführte private Pflegeheim im ersten Stock eines Eckhauses am Campo Bandiera e Moro (Dorsoduro 3805, Campo Bandiera e Moro) - nur drei Häuser weiter rechts von Notaio Filipetto aus *Die dunkle Stunde der Serenissima*, der allerdings nicht in den Genuss eines Aufenthaltes dort kam.

Die verstorbene Signora Altavilla linderte im Heim durch ihr stets offenes Ohr die Einsamkeit der Bewohner. Commissario Brunetti hingegen geht der Frage nach, wie Signora Sartori, die sich zeitlebens im Ospedale Civile als Hilfsschwester verdingt hat und eine staatliche Rente bezieht, die immensen Kosten für das beste Pflegeheim Venedigs aufbringt *[Reiches Erbe]*.

Haus von Notaio Filipetto, links ein Teil der Fassade der Chiesa San Giovanni in Bragora

Haus von Notaio Filipetto (E3)

Am beschaulichen, gepflegten Campo Bandiera e Moro residiert der etwa 90-jährige Notaio Filipetto direkt neben der Chiesa San Giovanni in Bragora, in deren Grablege er bald darauf beigesetzt werden wird (Castello 3810, Campo Bandiera e Moro). Sowohl die Väter von Signorina Elettra und Brunetti, als auch Conte Falier machten schon unangenehme Erfahrungen mit dem rechtem Gedankengut anhängenden Notar, dem es - immer auf seinen eigenen Vorteil bedacht - egal war, ob er andere in den Ruin trieb.

Trotz Filipettos hohen Alters konfrontiert ihn der Commissario mit seiner Rolle im Fall der ermordeten Claudia Leonardo, bevor der Greis, sechs Monate später, für immer einschläft *[Die dunkle Stunde der Serenissima]*.

Ca' Dolfin (D3)

Das Geschwisterpaar Dolfin, die verarmten letzten Abkömmlinge des alten Adelsgeschlechts, haust in einem halb verfallenen, sicher einst prachtvollen Palazzo in einer schmalen Wohngasse in Castello (Castello 5123, Calle Larga San Lorenzo). Ihre Verwicklung in den Todessturz des Katasterbeamten Rossi lässt den verblassten Stern der Dolfins endgültig sinken *[Feine Freunde]*.

Banca di Padova (E/F4)

Der Direktor der Banca di Padova (Castello 1336, Via Garibaldi, *in realtà* Banco San Marco), informiert Ispettore Vianello, dass dessen Tante soeben seine Bank betreten habe. Er kann sie solange in ein Gespräch verwickeln, bis Vianello eine Streife inklusive Commissario Brunetti beordert hat, die die Verfolgung der alten Dame aufnimmt. Ziel dieses inoffiziellen Einsatzes ist es herauszufinden, wohin die Tante ihr Geld bringt, das sie gerade - und nicht zum ersten Mal - in großen Mengen abgehoben hat *[Auf Treu und Glauben]*.

rechts: Der Portone der heruntergekommenen Ca' Dolfin

5123

Kapitel 6: Inseln des Grauens

Von Venedig nur durch den Canale della Giudecca getrennt, liegt die Isola della Giudecca für Brunetti, wie für viele Venezianer, gefühlt sehr weit weg. Dieser Eindruck wird verstärkt durch die gewaltigen, alles überragenden Kreuzfahrtschiffe, die bei ihrer Passage durch den Kanal den Blick auf die Giudecca komplett versperren.

Für seine Ermittlungen im Mordfall Moro an der Militärakademie muss der Commissario häufiger übersetzen als ihm lieb ist [Verschwiegene Kanäle]. *Am Corte Mosca bei der Kirche kann ihm Signora Santina entscheidende Hinweise zur Persönlichkeit des Dirigenten Wellauer geben* [Venezianisches Finale].

Vice-Questore Patta speist gerne am Pool des Luxushotels Cipriani zu Mittag [Venezianisches Finale], *wohl verborgen vor neugierigen Blicken. Der Landeingang zum Hotel wirkt höchst unscheinbar, der Wassereingang bleibt den exklusiven Gästen vorbehalten.*

Burano

Nachdem Brunetti einst einen geplanten Ausflug auf Burano aus dienstlichen Gründen absagen musste *[Endstation Venedig]*, darf er auf der Insel mit den knallbunten Häusern zumindest ermitteln *[Alle restlichen Schauplätze: Das Gesetz der Lagune]*.

Zu diesem Zweck gönnt er sich einen Spaziergang, indem er das Vaporetto schon auf der Nachbarinsel ***Mazzorbo*** verlässt, diese entlangschlendert und über den ***Damm***, der *in realtà* eine Brücke ist, nach Burano läuft.

Burano, Verbindung nach Mazzorbo

YAMAHA

Zielstrebig steuert der Commissario das ***Ristorante Romano*** in der Via Galuppi 221 an, auf dessen bekannt leckeres Essen er sich schon den ganzen Weg gefreut hat. Leider findet er es hoffnungslos überfüllt vor, so dass er sich stehend in einer Bar mit einem kargen Mahl begnügen muss.

Schließlich begibt sich Brunetti zum ***Campo Vigner***, um

Burano, Trattoria Romano

den Fischer Spadini einer Befragung zu unterziehen. Der wohnt in dem blassrosa Haus Nr. 878, zwischen einem leuchtend blauen und einem leuchtend roten Gebäude.

Burano, der knallbunte Campo Vigner mit dem blassrosa Haus neben dem blauen und dem roten Haus.

In realtà stimmt die Reihenfolge der Farben nicht (mehr?) ganz mit der Wirklichkeit überein: Das leuchtend rote Haus liegt rechts vom blauen.

Sacca Serenella

[Alle Schauplätze: Wie durch ein dunkles Glas] Sacca Serenella ist eine nur aus Glasfabriken bestehende unscheinbare Insel und durch eine Brücke mit dem glitzernden Murano verbunden.

Sacca Serenella, Bootsanleger und Ristorante Serenella

Im Stammlokal der Glasbläser, ***Da Nanni***, einem niedrigen Betonbau am ACTV-Anleger, holen Brunetti und Vianello Erkundigungen über den Besitzer einer solchen Fornace (Glasbläserei), De Cal, ein (*In realtà* Ristorante Serenella, Haus Nr. 54).

Wenig später wird in De Cals ***Glasbläserfabrik*** der Arbeiter Tassini tot vor einem Glasofen gefunden. Er hatte aufgedeckt, dass dort giftige Abwässer in die Lagune geleitet wurden.

Sacca Serenella, Glasbläsereien mit verschmutztem Wasser

Murano

[Alle Schauplätze: Wie durch ein dunkles Glas] Die Vaporetto-Linie 41 mit den Brunettis an Bord fährt den ***Anleger Faro*** an.

Der Anblick der Insel erinnert den Commissario an seine Kindheit, als er dort häufig seinen in einer Glasfabrik arbeitenden Vater besuchte.

Auch auf Murano gibt es einen Canal Grande, überspannt von der ***Ponte Ballarin*** (*in realtà* Ponte Longo). Diese Brücke nutzt das Ehepaar Brunetti auf seinem Weg zu einer Vernissage.

An der Anlegestelle Colonna befindet sich das ***Stammlokal des Fornace-Besitzers De Cal*** (*in realtà* ist das das Gran Caffè Laguna am Piazzale alla Colonna Nr. 1.1).

Murano, Anleger Faro

Murano, Ponte Ballarin (in realtà *Ponte Longo*)

Murano, Gran Caffé Laguna am Piazzale alle Colonna

San Michele (D/E1)

Die Insel mit ihrem morbiden Charme besteht ausschließlich aus dem städtischen Friedhof.

Fast alle Mordopfer werden hier unter den sich im Wind wiegenden Zypressen zur letzten Ruhe gebettet, allerdings nicht ohne zuvor im gerichtsmedizinischen Institut vom leitenden Pathologen Dottor Rizzardi fachgerecht obduziert worden zu sein. Die amerikanische Capitana Dr. Peters wagt sich mit dem Commissario sogar bis in die Leichenhalle, um ihren ermordeten Kollegen Sergeant Foster zu identifizieren *[Endstation Venedig]*.

Brunettis Vater liegt auf dem Friedhof begraben – nicht weit entfernt von Igor Stravinsky *[Die dunkle Stunde der Serenissima]* –, und seit nicht so langer Zeit ruht auch Brunettis Mutter auf der Insel *[Das Mädchen seiner Träume]*.

In realtà gibt es auf San Michele kein pathologisches Institut.

San Michele, Teil der Friedhofsmauer (im Hintergrund die Dolomiten)

San Servolo, Zwillingstürme und Platz nahe der Anlegestelle (unten)

San Servolo

In dem ehemaligen Benediktinerkloster mit der doppeltürmigen Kirche war bis in die Mitte der siebziger Jahre des letzten Jahrhunderts die berüchtigte städtische Nervenheilanstalt untergebracht.

Dort wurde Luca Guzzardi wegen angeblicher krimineller Kunstgeschäfte während des Krieges und geistiger Unzurechnungsfähigkeit bis zu seinem Tod eingesperrt.

Sowohl Guzzardis Enkelin als auch seine Geliebte versuchen, seine Ehre posthum wieder herzustellen und bezahlen dafür mit ihrem Leben [*Die dunkle Stunde der Serenissima*].

Lido

[Alle Schauplätze: Sanft entschlafen] Aufgrund unglaublicher Geschehnisse in einigen dem Orden zugehörigen Altenheimen hängt Suor Immacolata ihre Schwesterntracht an den Nagel und zieht unter ihrem bürgerlichen Namen Maria Testa vorübergehend in die ***Via Morosini 11*** auf dem Lido.

Lido, Via Morosini 11 (grünes Haus)

Das Ehepaar Sassi, bei dem sie unterkommt, verhilft der ehemaligen Nonne zu einem Job in der Wäscherei einer Privatklinik und zu einem eigenen Zimmer in der ***Pension La Pergola*** (Via Cipro 13).

Lido, Pension La Pergola

Der Autoverkehr am Lido wird Maria zum Verhängnis: Sie wird - höchstwahrscheinlich mit Absicht - angefahren und ins ***Ospedale al Mare*** gebracht. Dort streiken alle Krankenschwestern, und als Brunetti in der Notaufnahme eintrifft, erfährt er vom gestressten Stationsarzt, dass die

Lido, Ospedale al Mare

Patientin aufgrund ihrer schweren Kopfverletzungen ins Ospedale Civile nach Venedig verlegt wurde.

Pellestrina

[Alle Schauplätze: Das Gesetz der Lagune] Am malerischen ***Fischerhafen*** im gleichnamigen Hauptort der langgestreckten Insel weit draußen in der Lagune werden Giulio Bottini und sein Sohn Marco tot in ihrem verbrannten Boot entdeckt.

Brunetti glaubt nicht an einen Unglücksfall, stößt jedoch bei den Dorfbewohnern auf eine Mauer des Schweigens. Nur durch das Geschick Vianellos erhalten sie vom Kellner des dörflichen *Restaurants*

Pellestrina, an der Hafenpromenade

Pellestrina, Ristorante mit Bar

(Haus Nr. 316) die ersten dürren Auskünfte über die Bottinis.

Signora Follini, die Besitzerin des kleinen ***Kramladens*** (Haus Nr. 334) hinter dem Restaurant, gibt sich anfangs etwas redseliger, bis sie für immer zum Schweigen gebracht wird. Ein Fischer findet sie im Wasser treibend vor dem Naturschutzgebiet ***Caroman*** am äußersten Ende Pellestrinas und schleppt sie in seinem Fangnetz zum Hafen.

Pellestrina, Kramladen hinter dem Restaurant

Pellestrina, Kirchplatz mit Bar links im roten Haus

Signorina Elettra, ebenfalls zu Ermittlungszwecken (offiziell aus Liebeskummer) auf Pellestrina, nutzt die Zeit für ausgedehnte Strandspaziergänge, wovon sie einen bis in das Dörfchen ***San Pietro in Volta*** ausdehnt. In der dortigen in einem Wohnhaus betriebenen ***Bar Da Anna*** (Haus Nr. 227, Strada communale della Laguna) in der sie sich mit Mineralwasser und Kaffee stärkt, lenkt sie das Gespräch unauffällig auf die Morde, erfährt jedoch nichts wirklich Relevantes.

Aufregender ist Signorina Elettras romantisches Tête-à-tête mit dem schönen Ragazzo Targhetta. Missmutig beobachtet Brunetti die beiden, als sie Arm in Arm aus der ***Bar links der Kirche*** Pellestrinas (Haus Nr. 47) spazieren, während er eigentlich sein Augenmerk auf die sonntäglichen Kirchgänger richten wollte.

Wieder im ***Restaurant*** versucht der Commissario aus den anwesenden Fischern Informationen herauszulocken, was ihm in letzter Minute gelingt: Signorina Elettra schwebt in höchster Lebensgefahr. Sie befindet sich mit Targhetta und dessen Onkel, dem mutmaßlichen Mörder Spadini, auf hoher See. Brunetti und sein Bootsführer Bonsuan rasen durch

Pellestrina, Bar in einem Wohnhaus von San Pietro in Volta

Pellestrina, Bunkeranlage im Naturschutzgebiet Caroman

das sturmgepeitschte Meer und finden Spadinis Boot ebenfalls vor ***Caroman***.

Showdown am ***Fort Caroman***: Bonsuan wird Spadinis letztes Mordopfer, bevor der Commissario jenen in seine Gewalt bekommt. Targhetta wurde von Spadini schon zuvor ins Wasser geworfen. Signorina Elettra wird traumatisiert, aber lebend, gefunden und Spadini in Venedig seiner gerechten Strafe zugeführt.

Kapitel 7: Schauplätze aus den Verfilmungen

Freitreppe an der Ponte San Canzian (D2)

In der Verfilmung von *Endstation Venedig* wird Sergeant Foster an einer recht klein geratenen Freitreppe an der Ponte San Canzian angeschwemmt (Cannaregio, Ponte San Canzian).

Wohnung von Signora Moro (D2)

Signora Moro wohnt in der Verfilmung von *Verschwiegene Kanäle* direkt gegenüber der sehr pittoresken Chiesa dei Miracoli (Cannaregio 6068, Campiello dei Miracoli).

links u. kleines Bild: vor der Wohnung von Signora Moro

Reisebüro von Signor Mitri (A3)

Signor Mitris Reisebüro befindet sich in der Verfilmung von *In Sachen Signora Brunetti* am Campo dei Tolentini (Santa Croce 183A, Campo dei Tolentini).

Umgebung des Reisebüros von Signor Mitri mit der großen Glasfront

Pathologisches Institut (A3)

Das pathologische Institut, Arbeitsplatz von Dottor Rizzardi, wurde in den Verfilmungen von *Sanft enschlafen* und *Ver-*

Am Eingang zum pathologischen Institut

schwiegene Kanäle von der Isola San Michele nach Dorsoduro an den Rio dei Tre Ponti verlegt (Dorsoduro 3494A, Fondamenta San Marco).

Brunettis Dachterrasse (B3)

Die Dachterrasse der Familie aus den Verfilmungen liegt rund hundert Meter weiter südlich der Romanwohnung (Calle Dolera Atorno al Brusà) und ist vom Canal Grande aus gut sichtbar. Das Eckhaus mit der malerischen Terrasse wird von zwei Seitenkanälen des Canal Grande, die kurz vor der Mündung zusammen fließen, begrenzt (San Polo 2049, Ecke Rio de San Polo und Rio de le Erbe, s. umseitig).

Brunettis Dachterrasse

Biblioteca della Patria (A4)

Die Biblioteca della Patria liegt in der Verfilmung von *Die dunkle Stunde der Serenissima* nicht wie im Roman am Ende von Castello, sondern nahezu entgegengesetzt am Anfang von Dorsoduro (Dorsoduro 1602, Corte Zappa).

Vor der Biblioteca della Patria

Schule von Chiara (B4)

Der Eingangsbereich des Ospedale Ognissanti (Dorsoduro 1454, Ospedale Giustinian, Campo Ognissanti) wird in der Verfilmung des Romans *Vendetta* zum Schulhof von Chiaras Schule umgewandelt.

Viscardis' Residenz

Viscardis' Residenz (B4)

Signor Viscardis (im Roman „Viscardi") residiert in der Verfilmung von *Endstation Venedig* am Canal Grande nahe der Accademia in Dorsoduro (Dorsoduro 1261, Ramo Ambasciatore).

Zeitungskiosk von Signora Maria (B3)

Der Kiosk von Signora Maria aus der Verfilmung von *Venezianisches Finale* wurde vom Anfang der Calle de la Testa zum Campo San Pantalon verlegt (Dorsoduro, Campo San Pantalon).

Garten von Brunettis Tante (B4)

Brunettis Tante besitzt in der Verfilmung von *Wie durch ein dunkles Glas* einen wertvollen Garten. Dieser ist in Dorsoduro gleich bei Nicos Gelateria ums Eck gelegen (Dorsoduro 932, Fondamenta Nani, s. umseitig).

Garten von Brunettis Tante

Mitris Residenz (B4)

Signor Mitri, im Roman *In Sachen Signora Brunetti* Besitzer eines Reisebüros mit zweifelhaftem Ruf, wohnt in der Verfilmung nur einige Palazzi weiter als Signor Viscardis ebenfalls direkt am Canal Grande (Dorsoduro 866, Piscina del Forner).

Marcolinis Residenz (B4)

Gleich rechts von Mitri logiert in der Verfilmung von *Lasset die Kinder zu mir kommen* Giovanni Marcolini, dessen Schwiegersohn Pedrolli illegal ein Kind adoptiert hat (Dorsoduro 875, Callesella Rota).

Kanzlei von Avvocato Santomauros (B4)

Avvocato Santomauros Kanzlei ist in der Verfilmung von *Venezianische Scharade* direkt am Campo Santo Stefano angesiedelt (San Marco 2945, Campo Santo Stefano).

Altenheim von Brunettis Mutter (B4)

Der Garten des Altenheims aus der Verfilmung von *Sanft entschlafen* befindet sich in der Nähe des Palazzo Falier am Canal Grande – einige Gebäude weiter in Richtung Rialtobrücke (San Marco 3075, Ramo Malipiero).

Sieht man in der Verfilmung von *Nobiltà* aus dem Fenster von Vice-Questore Pattas Büro, kann man ebenfalls einen Blick darauf erhaschen.

Altenheim von Brunettis Mutter

Fasanos Dachterrasse (B3)

Der vorgeblich umweltbewusste Bürgermeister-Kandidat Gianluca Fasano aus der Verfilmung von *Wie durch ein dunkles Glas* ist stolzer Besitzer einer Terrasse mit Blick über den Canal Grande bis vor zur Rialtobrücke (San Marco 3409, Corte del Magazen).

Eingang zur Banca di Verona (C3)

Für die Verfilmung von *Venezianische Scharade* wurde der Eingang zur Banca di Verona vom Campo San Bartolomeo zum Campo San Luca - direkt neben die Bar Torino - verlegt (San Marco 4590, Campo San Luca).

Ristorante Quadri (C/D3)

Vor der überwältigenden Kulisse des Markusdoms dient das Ristorante Quadri häufig als Schauplatz. Commissario Brunetti trifft sich hier mit den unterschiedlichsten Personen, in *Lasset die Kinder zu mir kommen* sogar inkognito als adoptionswilliger Signor Bonini (San Marco 120, Piazza San Marco).

Questura, Eingang

Questura (E3)

Die Außenaufnahmen der Questura werden am Campo San Francesco de la Vigna mit den charakteristischen Säulen und dem Bootsanleger gedreht. Das grüne Portal hinter den Säulen mit der Hausnummer 2785 dient als Eingang zum Polizeipräsidium (Castello 2785, Campo San Francesco de la Vigna).

Bootsanleger an der Questura

Militärakademie im Arsenale (E3)

Der imposante Eingang des Arsenale mit seiner kuriosen Sammlung an Löwenstatuen muss in der Verfilmung von *Verschwiegene Kanäle* für die Außenaufnahmen der Militärakademie herhalten (Castello, Arsenale).

Der pompöse Eingang des Arsenale mit seinen Löwen

Trattoria am Arsenale (E3)

In der Verfilmung von *Endstation Venedig* trifft sich Brunetti mit seinem Schwiegervater Conte Orazio Falier in einer Trattoria nahe dem Arsenale (Castello 2386, Campo de l'Arsenal).

Hafen von Pellestrina

Der Hafen des Dorfes Pellestrina auf der gleichnamigen Insel wurde in der Verfilmung von *Das Gesetz der Lagune* zwar auf der Insel belassen, jedoch einige Kilometer nach Norden in den Ort San Pietro in Volta verlegt (Pellestrina, San Pietro in Volta).

Hafen von Pellestrina

Bibliographische Zuordnung

Nachfolgend sind die Schauplätze dieses Kompendiums den in deutscher Sprache erschienenen Romanen und Verfilmungen zugeordnet. Häufig wiederkehrende Schauplätze sind separat vorangestellt.

🎬 *bedeutet: Schauplätze aus den Verfilmungen.*

Allgemeine Schauplätze

Venezianisches Finale (1)

Endstation Venedig (2)

Venezianische Scharade (3)

Vendetta (4)

Acqua alta (5)

Sanft entschlafen (6)

Nobiltà (7)

In Sachen Signora Brunetti (8)

Feine Freunde (9)

Das Gesetz der Lagune (10)

Die dunkle Stunde der Serenissima (11)

Verschwiegene Kanäle (12)

Beweise, daß es böse ist (13)

Blutige Steine (14)

Wie durch ein dunkles Glas (15)

Lasset die Kinder zu mir kommen (16)

Das Mädchen seiner Träume (17)

Schöner Schein (18)

Auf Treu und Glauben (19)

Reiches Erbe (20)

Q

R

S

T

U

V

W

Z

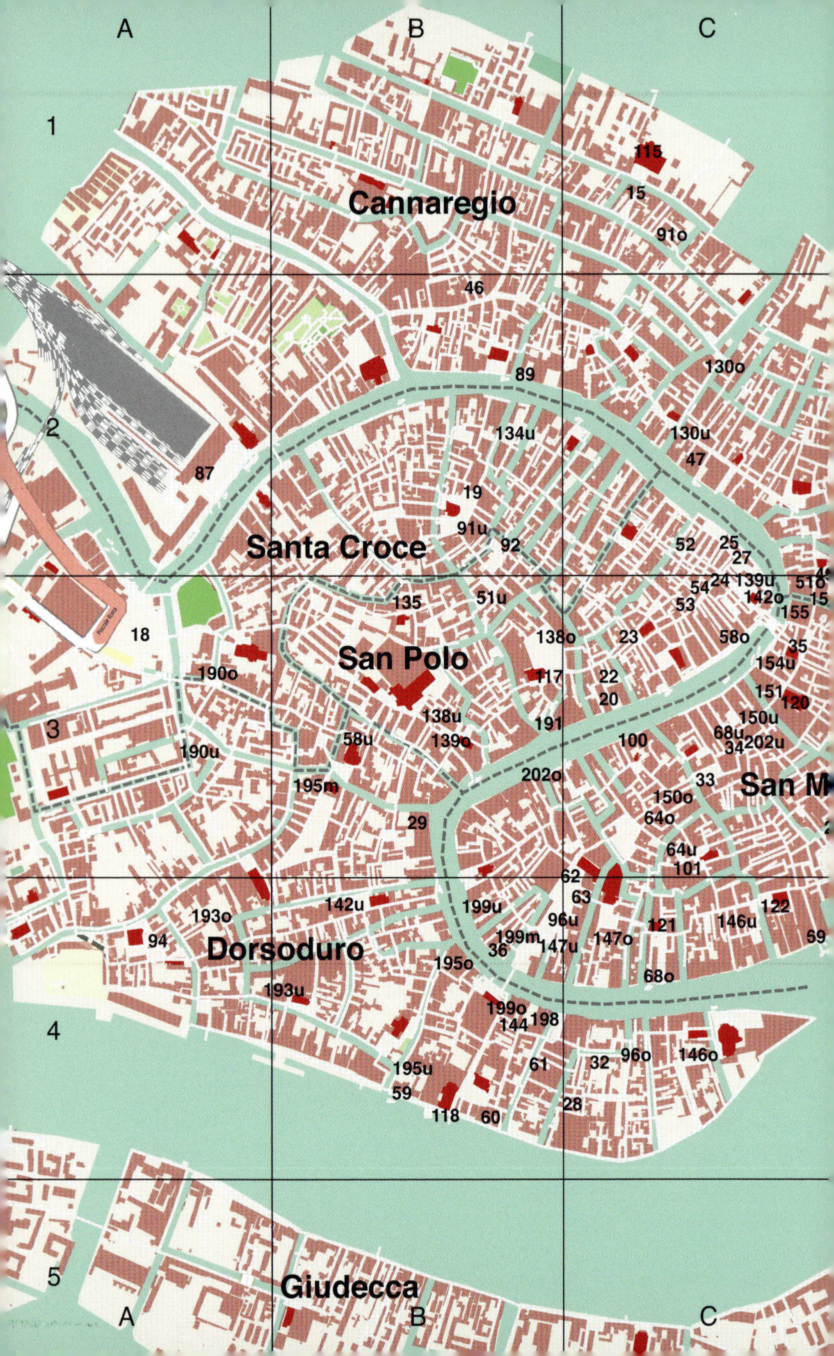

A
B
C
1
2
3
4
5
Cannaregio
115
15
91o
46
89
130o
134u
130u
47
87
19
91u
92
52
25
27
Santa Croce
54
24
139u
51o
53
142o
155
135
51u
18
138o
23
58o
35
San Polo
154u
190o
117
22
20
151
120
138u
150u
3
58u
139o
191
100
68u
34
202u
190u
202o
33
San M
195m
150o
64o
29
64u
101
62
63
142u
193o
199u
96u
121
146u
122
94
199m
36
147u
147o
69
Dorsoduro
195o
68o
193u
199o
144
198
96o
146o
61
32
195u
59
118
60
28
Giudecca

D
E
F
1
2
3
4
5
N
San Michele
176
Maßstab: 1: 15 000
1 cm entspricht 150 m
Die Planquadrate haben eine Seitenlänge von 600 Metern
0
500 m
1000 m
Die Zahlen geben an, auf welcher Seite die Schauplätze näher beschrieben werden. „o“ bezieht sich auf den oberen Teil der Seite, „u“ auf den unteren.
Castello
103
133
189u
116
134o
108
109
159o
76u
160
206
72
73
157
164o
41
74
159u
75
78o
161
82
162u
123
163
67o
110
207
78u
208o
162o
102
40
54o
125
111
164u
83
Map data © OpenStreetMap and contributors, CC by SA

Festland
Flughafen
Marco Polo
Mestre
Marghera
Sacca
Serenella
172
174
Muran
176
San Miche
Giudecca
N
Maßstab: 1: 50 000, 1 cm entspricht 500 m
0
1 km
2 km
Die Zahlen geben an, auf
welcher Seite die Schauplätze
näher beschrieben werden.
183 208u
Pellestrina
San
Servolo18

Mazzorbo
Burano
167
Die Lagune
von Venedig
Sant'Erasmo
La Certosa
Lido
181
Adria
Map data © OpenStreetMap and contributors, CC by SA

Weitere Produkte für Brunetti-Fans

Wer nach Lektüre dieses Buches vor Ort auf Spurensuche gehen möchte, dem seien nachfolgende Produkte der beiden Autoren empfohlen:

- Übersichtsplan von Venedig, auf dem die Hauptschauplätze eingezeichnet und beschrieben sind
- Vaporetto-Touren, die den Blick auf viele Schauplätze vom Wasser aus erlauben
  - Tour durch Venedigs Kanäle
  - Streifzüge durch die südlichen Laguneninseln
  - Streifzüge durch die nördlichen Laguneninseln
  - Canal-Grande-Tour
- Krimispaziergänge, die zu Fuß auf Streife schicken
  - Brunettis Weg zur Arbeit
  - Brunettis Familie
  - Brunettis Bars und Restaurants
  - Brunettis Leichen I
  - Brunettis Leichen II

Weitere Informationen und ein Bestellformular finden Sie unter **www.brunettistadtplan.de**.